风雅龙山

夏敬明 主编

武汉出版社

（鄂）新登字 08 号

图书在版编目（CIP）数据

风雅龙山 / 夏敬明主编 . — 武汉：武汉出版社，2022.12

ISBN 978-7-5582-5676-9

Ⅰ . ①风… Ⅱ . ①夏… Ⅲ . ①中国文学 – 当代文学 – 作品综合集 Ⅳ . ① I217.1

中国版本图书馆 CIP 数据核字（2022）第 240957 号

主　　编：夏敬明

责任编辑：李　俊

封面设计：冯小婷

出　　版：武汉出版社

社　　址：武汉市江岸区兴业路 136 号　　　邮　　编：430014

电　　话：(027) 85606403　　　85600625

http://www.whcbs.com　　　E-mail:whcbszbs@163.com

印　　刷：武汉鑫佳捷印务有限公司　　　经　　销：新华书店

开　　本：787 mm×1092 mm　　　1/16

印　　张：19.25　　　字　　数：430 千字　　　插　　页：8

版　　次：2022 年 12 月第 1 版　　　2022 年 12 月第 1 次印刷

定　　价：85.00 元

关注阅读武汉

共享武汉阅读

　　夏敬明，湖北省鄂州市太和镇人，毕业于中南政法学院，湖北省作家协会会员，鄂州市作家协会全委会委员、副秘书长，鄂州市梁子湖区文联副主席，《梁子湖》杂志副主编。曾任梁子湖区公安分局保安公司经理，沼山派出所副所长，梁子湖区公安分局经侦大队教导员等职。现任鄂州市公安局梁子湖区分局工会主席，四级高级警长，一级警督。曾出版诗文集《春种秋收》等。

《风雅龙山》编委会

文学顾问：胡映东　高爱民　高建雄　刘敬堂

法律顾问：夏和平

主　　任：张学龙

副 主 任：柯建设

委　　员：（按姓氏笔画为序）

　　　　　方向亮　吴小涛　吴爱国　柯国良

　　　　　柯惠冬　夏江林　夏清友　黄　明

《风雅龙山》编辑部

主　　编：夏敬明

副 主 编：黄天明　邓文兴　周红兵

编　　辑：熊杰文　胡亚鹏　陈学波

摄　　影：金瑞武

太和镇辖区示意图
TAIHEZHENXIAQUSHIYITU

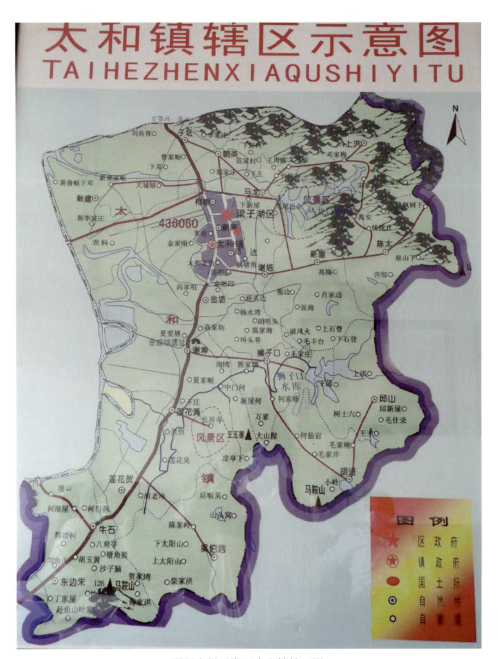

鄂州市梁子湖区太和镇辖区图

龙山门楼

龙山关口瀑布

龙山黄龙洞

神龙溪

龙山苏轼洗墨池

龙山内八景之一：青龙泉

龙山竹海

长兴寺

关圣祠

关帝殿

武昌观

梅家祠

莲花黄村

谢埠村

吴伯浩村

柯慧冬，鄂州市梁子湖区太和镇吴伯浩村人，天津市中建国泰建筑工程有限公司中山分公司总经理，2021年7月当选中山市湖北商会第三届理事会会长。

吴小涛，鄂州市梁子湖区太和镇花黄村人，中共党员。2001年入伍，2006年退役后，创办了一家环保科技有限公司。

夏江林，鄂州市梁子湖区金土地农机专业合作社理事长，鄂州市政协委员，先后荣获"湖北省劳动模范""湖北省模范农机作业大户""湖北省明星科技示范户""湖北省农业专业合作社示范户""全国种粮大户""全国农业劳动模范"和"全国抗击新冠肺炎疫情突出贡献农民"等称号。

夏荷，鄂州市莲隆生态农业旅游有限责任公司法人代表。

柯国良，梁子湖区鑫晟商行总经理，梁子湖区政协委员、太和镇工商联党支部书记，太和镇商会会长。

夏迎春、陈新兵、方向亮（从左至右）三位乡贤，共同经营大冶金牛联家生活超市。超市规模达2000余平方米，始终以尽心服务好家乡太和及周边乡镇人民群众日常生产生活为第一宗旨。

序

刘敬堂

　　壬寅四月，梁湖才俊夏敬明等编纂的《风雅龙山》，记述了鄂州梁子湖地区的太和龙山及其周边山水人文景观、历史遗存、故事传说和民俗风物，是一部系统推介和研究龙山及其周边地域的文化著作。欣闻《风雅龙山》即将出版，作为一名长期生活和工作在这片文化底蕴深厚之地的鄂州人，我倍感高兴和自豪。

　　太和镇是鄂州南部的生态特色重镇，人杰地灵，物华天宝，东靠茗山山脉，西与涂家垴镇接壤，南与大冶金牛镇毗邻，北与沼山镇交界，依山面湖，风景秀丽，是江南的鱼米之乡。太和镇历史悠久，山川秀丽，人文荟萃，名胜古迹众多，是生态旅游休闲的胜地。位于太和镇莲花黄村境内的龙山，主体景区面积达20平方公里，集寺庙、峰峦、古井、溪泉、瀑布和历史传说等人文和自然景观于一体，吸引着历代文人墨客纷至沓来，令无数游客流连忘返。

　　品读龙山，我们仿佛穿越时空：吴王孙权率兵操戈习武，展以武治国而昌之志，箭飞龙山之巅；晋代的陶渊明伫立龙山关口瀑布前，即兴吟诗；宋代的苏轼客居龙山，草堂前闲庭信步，挥毫泼墨……

　　品读龙山,我们更崇尚自然:龙山溪流潺潺,竹风飒飒,松涛阵阵,尽显春夏之蓬勃;层林尽染,满畈稻荷,鱼跃梁湖,尽显秋冬之丰硕。一方水土孕育出一方人文景观,也孕育出一方厚重的历史文化、孕育出一方民风习俗。

　　梁子湖地区的太和镇山水灵秀,百姓淳朴,风气良好,是一个宜居宜业之地。近些年来,地方各级党委政府紧扣党中央乡村振兴的部署,坚持"绿水青山就是金山银山"的理念,注重依托这里的历史、文化、人文等资源禀赋,注重人与自然的和谐,大思路、大手笔、大投入加强生态建设和环境保护。2006年以来,地方政府部门对沿湖、沿路、沿山区域科学规划,以产村融合,农旅、文旅结合为着力点,大力打造"环太"和文旅大格局,以龙山、青峰山、狮子口、陈太、胡进等区域为主体的生态风景区、民俗文化旅游景区、生态农业休闲观光景区、红色旅游景区和梁子湖湿地公园景区,如一幅幅美轮美奂的乡村画卷在我们眼前徐徐展现。

　　从这部著作中,我们不仅会因梁子湖地区的湖光山色、水韵莲香、渔舟唱晚、蟹肥稻黄之风景而向往,更会因太和龙山之历史沧桑、故事传说以及风土人情而遐思。正如作家胡雪梅女士所描绘的:"这美丽的龙山,四季皆是你来的理由,这四季,又偏偏都是你不能来的理由。""你不能在春天的时候来,竹海里的嫩竹正在拱破春天的土地,那昂扬的姿态有如孩童与爷爷拔河,拼尽全力要来一场脱胎换骨,这是生命的赞歌,我怕你感动得落泪;你不能在夏天来,满山的绿,将你的眼睛变成海洋,那风平浪静的眼眸,要将你化身为一只飞鸟,从此再不眷念人世的美色;你更加不能在秋天的时候来,满山的颜色是画家描绘的,不,画家也无力画出龙山的美。"本土作家邓文兴先生说:"千年龙山,汇集的是一种精神、一种文化、一种追寻,需要用心去触摸、品尝和感悟。"

　　这部著作记载了龙山及其周边地域独特的田园记忆,解码了乡村振兴离不开良好生态环境这一重要基因。

品味太和龙山，看得见山，望得见水，记得住乡愁。

刘敬堂，中国作家协会会员，鄂州市文联原主席，鄂州市作家协会原主席。散文《春满鄂城》编选入湖北中学语文课本。

目 录

一、龙山概况

　　据晋代史筌《武昌记》记载："武昌有龙山，欲阴雨，上有声，如吹角。"此《武昌记》录入宋代《太平御览》卷三百三十八"兵部"六十九。据光绪《武昌县志》"山川"引晋陶潜《续搜神记》卷十曰："县属之灵溪乡虬山，有龙穴，居人每见神虬出入。（岁）旱祷（之），即雨。后人筑塘其下，曰虬塘，今名龙山。"

　　龙山是湖北鄂州市的一座历史名山，与幕阜山脉相连，坐落在风光秀丽的鄂州市梁子湖区太和镇，南紧依大冶市，北望梁子湖，远眺就像一条巨龙盘踞其间，长年云雾缭绕，若隐若现，宛如仙境。龙山又称莲花山，属幕阜山余脉，海拔246米，坐落于鄂州市南60公里处（东经114°32′~114°43′，北纬36°01′~36°16′），位于太和镇莲花黄村境内，距梁子湖区太和镇3公里。主要景区面积约20平方公里。

　　龙山集寺庙、峰峦、怪石、古井、溪泉、瀑布、山涧、奇花、异草、珍木、稀禽、野兽等人文和自然景观于一体。晋陶渊明到访龙山续写《搜神记》，在关口瀑布前即兴吟诗："曲水流觞九十旋，丹崖秀谷有洞天。银河倒挂关山口，妙笔生花在龙潭。"壮美的景色和名人名诗吸引无数游客流连忘返。龙山旅游资源文化丰厚，环境优美，气候宜人，是一处清幽的适宜度假、休闲旅游的风景名胜之地。龙山风景名胜较多。其一，有内八景：方门楼、青龙泉、白果树、古玉兰、古樟树、玉观音、对金鸟、天竹。其二，有外八景：落箭塘、老虎跳涧、飞天蜈蚣、仙人掌、关口瀑布、猫儿扑鼠、螺峰叠翠和仙人拐杖。

龙山人文历史底蕴丰厚。龙山与武昌山相连。有史料记载三国时期，吴王孙权曾在此屯兵立寨，操练三军，并用"以武而昌"之意命名了武昌山、武昌门、武昌县等。相传，吴王孙权统兵习武射箭于武昌山，箭落龙山，自成一塘，故遗留下"吴王落箭塘"。

龙山的长兴禅寺始建于北宋咸平年间（998—1003年），为高僧长兴所建，距今已有一千余年历史。该寺属禅宗派佛教。寺四周有名僧坟墓近百座，石碑50余块。龙山佛教文化传承历史悠久，屡建屡毁，2009年又重修，佛光高照，飞檐斗拱，气势宏伟。长兴寺"依山悬挂陡、傍水两边流、松柏翠竹间、白云绕山转"的仙境吸引人，乃佛教圣地。

据传，北宋时期大文豪苏轼被贬黄州后，曾寻迹到龙山静修，留下了名文诗篇，其遗迹石屋茅庐至今尚存。山下有古二十四孝人大书法家黄庭坚之后裔之脉，明代由江西迁徙龙山脚下莲花庄，并建有梅东祠堂"双井堂"，客家文化风格遗传至今。

龙山长兴禅下的"二贤亭"，相传为苏轼、黄庭坚对弈品茗之地。一日，在高大的松树下，二人下围棋，一阵微风吹来，松子落入棋盘，苏轼口占上联："松下围棋，松子每随棋子落。"黄庭坚望见山下池塘边一老翁垂钓，对曰："柳边垂钓，柳丝常伴钓丝悬。"浑然天成，在民间传为美谈。

　　龙山森林覆盖面积达98.5%，雨水充足，气候温和，年平均气温17.2℃左右，夏季比山下平均气温低6℃左右。其气候特点，不仅适宜旅游避暑，也为一些珍稀动植物提供了理想的繁衍场所，这里有野猪、野鸡、黄鼠狼、猫头鹰、野兔、穿山甲等60多种野生动物。龙山林场的柑橘、胡柚、竹笋、板栗更是远近闻名。

　　龙山地理位置优越。东与武昌山接壤，遥望大冶小雷山风景区；西连涂镇、大港之水之通梁子湖；南接古镇金牛、鄂王城遗址；北濒谢埠官渡遗址、金盆垴遗址，与青峰山、马龙水库、沼山连成一片，地处鄂咸高速和省道铁贺路（黄石铁山—咸宁贺胜桥—武汉江夏区贺站镇）交通要道，交通便捷，可直通临近的江西、湖南、武汉、咸宁、黄冈、黄石、大冶、鄂州城区，是梁子湖人文生态旅游景区的重要组成部分。

二、极目赏景　山水藏珠

（一）龙山人文锦绣

1. 内八景

方门楼

原址位于长兴寺北门，方门楼高大古朴，门上有景观楼故名方门楼。为北宋高僧长兴所建，曾为龙山内八景之一。因历史上长兴寺几度兴废，方门楼现已不复存在。

青龙泉（龙泉井）

龙山长兴寺西山坡，其上有一口泉水，清澈见底，常年不干，是寺中僧民生活用水来源。据传一僧人曾在此取水，见泉水中有青龙倒影，因而

得名青龙泉，该井即龙泉井，此为龙山内八景之一。

白果树

　　位于龙山半山腰的花果园中，树干高大，春夏之间绿叶白花，秋天结果，可食用。此树为龙山内八景之一。

古玉兰

　　现存两棵位于太公山脚下，树干高大笔直，叶大枝繁，春天盛开大朵白花，在绿叶映衬下格外醒目。玉兰报春，清香四溢。古今文人墨客多赞美古玉兰冰清玉洁，观赏之可净化心灵，给人以美的享受。其被列为龙山内八景之一。

古樟树

　　龙山金盆养鲤景观的塘边有棵古樟树，树干高大挺拔，枝叶繁茂，其盛夏浓荫蔽日，适宜纳凉游玩。樟树是一种名贵植物，有一定的药用价

值，更是理想的家具木料，用樟木制成的家具清香扑面，百年不被虫蛀。

玉观音

长兴寺禅房右侧好汉坡起点处，有一巨大石墩，其上原有观音坐像。因观音坐像用汉白玉雕琢而成，盘坐于莲花座上，故其被称之玉观音。求子信众信其灵验，常到此烧香膜拜。

对金鸟

龙山的一种金黄色的小鸟，羽毛黄、红、黑相间，非常漂亮，叫声动听悦耳，常出双入对穿梭于幽深竹林之中，人们称为吉祥鸟、幸福鸟。

天竹

生长在龙山沟涧之间，竹竿比楠竹小，节密叶大，竹竿高度一般不超过两人高，是一种适应丘陵、平原环境的植物，但其比较难移植。

2. 外八景

落箭塘

龙山东山脚下有一山名为武昌山，也称吴王山。相传三国时建有吴王寨、吴王孙权曾驻寨练兵习武，箭雨射向龙山顶，日久自成一塘，至今古塘尚存，盈水不绝。

老虎跳涧

龙山梅溪畔有一突出奇石，位于石林前行100米，高于周边石滩，名为"老虎跳涧"。从前，龙山为原始森林，树高林密，浓荫蔽日，为百兽理想的生活家园。曾有一樵夫上山砍柴，翻越关口古道，沿着梅溪旁山路前行。偶然遇见一只成年老虎站在溪边一块巨石上，望着脚下滔滔溪流，欲过溪觅食。见有人来，便纵身一跃，飞越几丈宽的山涧，消失在茂密的林海之中。樵夫此时也吓出一身冷汗。下山后，樵夫将当天遇见的惊险一幕告诉乡亲，乡亲们纷纷来到这块老虎跳涧的石头前一睹为快。后来，人们便将这块巨石取名为"老虎跳涧"，并将这峡谷叫"虎跳峡。"此为龙山外八景之一。

关口瀑布

　　龙山瀑布又名关口瀑布，在龙山关口处所有山水汇于峡口，落差数十丈，形成壮观瀑布景观。每遇大雨季节，瀑布从天而降，奔腾咆哮，声如惊雷，经久不息，成为龙山一大景观。

猫儿扑鼠

　　龙山对面的山坡处，百姓种的庄稼常被鼠害。有一只猫，常年在此守候，为民灭鼠，百姓称为神猫。故名猫儿扑鼠。此为龙山外八景之一。

飞天蜈蚣

　　龙山顶有一大片山地，村民常在此耕种旱地农作物，可庄稼常被害虫侵食。忽然有一群飞天蜈蚣飞到此觅食，消灭了害虫，百姓山粮丰收，十分感激飞天蜈蚣，飞天蜈蚣因而得名。此为龙山外八景之一。

螺峰叠翠

太公山顶的一片松柏相间的树林，层层叠叠遍布螺峰，青翠欲滴，四季常青，被人们称之螺峰叠翠，成为龙山外八景之一。其旁边还有天池映月、天鹅抱蛋等景点。

仙人掌

龙山猫儿扑鼠附近的崖石上留有五个脚趾的脚印，脚印比普通人的大数倍，清晰可见，疑为仙人到访龙山在此休息留下的痕迹。三十年前因村民上山取石盖房被毁。此为龙山外八景之一。

仙人拐仗

仙人拐杖

　　长兴寺西北角路旁，竖立有一奇石，呈圆柱状，底部直径1米左右，高丈许，许多飞禽常站其顶歇脚休息，景观十分奇特。此处便是龙山外八景之一的仙人拄杖。相传曾有一仙人来到龙山游玩，在丛林穿行，道路崎岖，十分艰险。仙人随手折断树枝当拐杖，向龙山走去。于是便有了仙人拄杖的传说。

3. 神奇景观

黄龙洞

青龙潭右方有一天然石穴，高数丈，深不见底，相传是藏龙之处。据晋陶潜《续搜神记》卷十曰："县属之灵溪乡虬山，有龙穴，居人每见神虬出入。（岁）旱祷（之），即雨……"龙山因此而得名。后乡人百姓每遇旱情，敬龙神求雨，每每灵验。晋代史岑《武昌记》记载："武昌有龙山，欲阴雨，上有声，如吹角。"此《武昌记》转录入宋代《太平御览》卷三百三十八"兵部"六十九。每逢阴天下雨之前，即俗话说"着天色"，有龙吟之声音如号角，黄龙洞由此得名。

青龙潭

　　龙山瀑布下方有一水潭，深不见底。传说有青龙出没，故名青龙潭。相传晋代著名诗人陶渊明曾到此观瀑，并传有名诗于世："曲水流觞九十旋，丹崖秀谷有洞天。银河倒挂关山口，妙笔生花在龙潭。"

苏轼洗墨池

　　苏轼洗墨池位于长兴寺前山坡的松竹林中。相传宋代大文豪，唐宋八大家之一的苏轼，谪居黄州期间，曾南渡樊口，沿樊湖水道，到龙山隐居了一段时间，他常到长兴寺问道参禅，其间和文人雅士唱和吟咏、书写文章，在此池中洗墨，故名苏轼洗墨池。

苏轼草堂

往南线登龙山途中，有一处突起土丘之上有土屋茅舍三间，此为苏轼草堂。相传宋代大文豪苏轼被贬苏州之后，曾取道西山，寻迹到访长兴寺问道参禅，见龙山佳景清幽，便在此建舍隐居静修，吟诗习字，留下不少诗文，还在长兴寺院古树旁洗墨，至今苏轼草堂及洗墨池迹踪尚存。

二贤亭

二贤亭位于长兴寺前山坡的松竹林中。相传苏轼隐居龙山期间，文友兼苏门四学士之一黄庭坚前来拜访，相聚于长兴禅寺大雄宝殿门前山坡的松树林对弈品茗。一阵微风吹来，松树上一颗松子，落入棋盘，苏轼口占上联："松下围棋，松子每随棋子落。"黄庭坚望见山下池塘边一老翁垂钓，对曰："柳边垂钓，柳丝常伴钓丝悬。"对联浑然天成，在民间传为美谈。后人建此亭纪念，故名二贤亭。

望夫崖

　　黄龙洞右侧的山中间竖立有一块巨大崖石，高数十丈，宽约十丈，屹立于绿树丛林之中，面向梁子湖。相传有一对夫妇居于山下莲花庄，育有一对儿女，日出而作，日落而息，男耕女织，虽家境贫寒，但幸福美满。一天，儿女闹着要吃鱼，男人见洪水未退，便携渔网下湖捕鱼，以满足儿女心愿。谁知下湖不久乌云盖天，大雨突至，湖面波涛汹涌，洪水将男子吞没于湖中，不见踪影。一连数日见丈夫未归，女子便爬上山腰，登高望向梁子湖，盼望丈夫归来。日久天长，该女子凝固为一座山崖，后来村民称此崖为望夫崖。

栖凤池

　　龙山猫儿扑鼠附近有一池塘。相传有一天，一只凤凰落于池边草丛之中，每天观看青龙出没于龙山。青龙见其十分漂亮可爱，便劝说她留下来享受龙山秀丽的美景，隐居于人间世外桃源，于是凤凰从此在池中栖息，早出晚归。故此池被人称为栖凤池。

祈雨台

　　龙山脚下莲花村双龙井附近，有一平台，台建在溪旁，高于水面一丈余许。台边有护栏，台后有一古泡桐树，树高数丈。传说村民在大旱时请巫师在此作法事，招龙撒米于龙头上，烧香纸，鸣爆竹，祈求苍天降雨，有求必应。

神龙溪

龙山乌龙潭腾龙洞至龙港，长达二里水路为神龙溪，因常有神龙出没山涧而得名。溪水清澈，可饮用、洗衣、灌溉、养殖。曲折蜿蜒，迂回，形似青龙，因溪水利民、福民，被百姓誉为神龙溪。

龙山竹海

龙山竹海位于长兴寺周边的山坡。竹海由遍布山坡的竹林组成，形成龙山独特的竹海景观。

龙山天池

　　龙山对面太公山顶，有一口水池，池中杂草丛生，四周有树木相映，有鱼虾潜游。相传青龙从溪中含来一口水吐于池中，供仙人饮用。后来竟成了野猪、野兔等野生动物饮水之地，因水池在山顶，地势较高，故为天池。

龙山石林

　　龙山石林位于半山腰。龙山天竹比比皆是，其生命力极强，在土地石缝盘根错节，落地生根。相传有一仙人来访龙山时，曾发感叹：只见天竹，不见石林。仙人便吹了一口仙气，顿时烟雾缭绕，一片石林从远处飞来，立于路旁。石如刀削，光滑平整，似兵马俑排列，迎接远方的客人。

鳄鱼晒壳

鳄鱼晒壳位于土地庙后山上。相传，鳄鱼王长年栖身于龙山瀑布下方的青龙潭中，终日不见阳光。春暖花开之日，鳄鱼王也想看看外面的世界，于是他越过关口，穿越天竹石林，来到土地庙后山上晒太阳。这时，风和日丽，鸟语花香。鳄鱼王趴在巨石上闭目养神，享受着久违阳光的温暖，不久便进入了梦乡。谁知

千年一梦不醒，鳄鱼在一次电闪雷鸣的大雨过后，永远定格在巨石上。至今，巨石上趴伏的鳄鱼栩栩如生，爪牙、鳞片、头尾各部清晰可见。

仙人座椅

位于关口左上方九龙壁前方公路旁，有一天然石椅。旁边有一棵亭亭玉立的大枫树，正好挡住西晒的阳光。巨大的石椅从何而来，人们想探个究竟。原来铁拐李来到龙吟洞前大喊大叫："龙王老儿，老李到此，还不出来迎接。"龙王见是八仙之一的铁拐李叫骂，赶快从洞中搬来龙椅置

于路旁，请仙入座，看到铁拐李酒葫芦空空，便赶快斟满酒。送走铁拐李后，龙椅变成了石椅留在了路边，成了龙山一景观。

天外来石

莲花黄村面坊仿古宅背山路边，有两块巨石叠加在一起，立于路旁。下石为原始岩石，上石为方正巨石，大约120吨。上石手可摇动，石上可容纳十人打牌、走棋。巨石从何而来，难道从天而降？人们百思不解，于是取名天外来石，又名飞来石。可惜，村民修路，炸掉了上石，成为永远的憾事。有老人传说为棋盘石，是仙人在此下棋的地方。

相传，铁拐李下山遇上韩湘子，二仙想下围棋却无棋盘，于是吹一口气，从远处运来一巨石叠于岩石之上。二仙便下起棋来，二仙走后，棋盘便留在了人间，也留下了"仙人下棋"的美丽传说。

双龙古井

双龙古井位于龙山脚下神龙溪旁。宋代黄庭坚二十六世孙黄子建公，于明靖年间由江西迁居莲花庄。他在此兴家立业，为取生活用水，在神龙溪旁开挖一口水井。井水清澈可口，冬暖夏凉。村民列队挑水，发现水底疑似二龙戏水，为了避免一井二龙影响水质，便又在附近另开挖一口新井，形成一龙一井，常年不绝，故名双龙井。数百年来，当地村民一直在此取水，每遇大旱之年附近数里范围的乡民也来此地纳凉取水。

古龙树

　　古龙树，即双龙井周围的四棵苍老古树，其年代与开井同时期，为明嘉靖年间。其中一棵为枸骨树，俗称狗婆刺，另三棵为枫杨树，俗称大叶

柳，其枝如龙爪，树枝繁叶茂，浓荫蔽日。盛夏季节，常有村民在此休闲纳凉。

龙　门

龙门位于龙山脚下莲花庄下庄路旁。相传有一年发水灾，龙卷风将龙山西部半山腰天平塘中鲤鱼王卷到山下莲花庄下庄龙门口洪水之中，洪水退后，当地大灾之年获得好收成。百姓认为是鲤鱼镇压了水妖，保护了一方平安。于是村人建龙门祭祀之。现在的龙山门楼就建在原址上，"鲤鱼跳龙门"的传说也流传至今。

4. 古寺庙祠

长兴寺

龙山长兴寺始建于五代后唐明宗长兴四年（933），时僧人在莲花山下结庐为寺，取名长兴寺（明宗宰相来此隐居，削发为僧，故取名以纪念明宗）。

据光绪《湖北通志·古迹篇》载："长兴寺在县南一百二十里灵二里莲花山。宋咸平时建。寺北石上有穴，相传为仙人挂杖处。寺西石上有迹，俗呼仙人掌。"长兴寺位于武昌（今鄂州）灵溪乡，是规模宏大的佛教禅林，有"九正十三横"之称。九幢正殿，即三圣殿、大雄宝殿、金刚殿、释迦殿、观音殿、毗卢殿、地藏殿、罗汉殿、大钟殿；十三横殿，即配殿及厢房40余间，僧尼近百人。

长兴寺的名胜古迹很多，有内八景和外八景之说，为历代文人墨客所仰慕。内八景，即方门楼（宰相为僧御赐方门楼）、龙泉井、白果树、古玉兰、古樟树、玉观音、对金鸟、天竹；外八景，即寺东山顶有落箭塘，相传三国时吴王孙权率文武大臣来武昌山（龙山东一里许），在武昌山向龙山顶射箭，箭落山顶渐成一塘，故名落箭塘；寺南有老虎跳涧、飞天蜈蚣；寺西有仙人掌、山门瀑布、螺峰叠翠、猫儿扑鼠；寺北有仙人挂杖。长兴寺属禅宗派佛教之地，至今已有一千余年的历史，古往今来有不少高僧在此圆寂，四周有名僧坟墓近百座，石碑五十余座，对研究长兴寺的历史具有一定价值。

长兴寺历史悠久，屡毁屡建。新中国成立初期，长兴寺改为"长兴林场"。佛像被毁，砖瓦移至山下建谢埠中学（今莲花学校）。1992年乡人与香客集资重修，规模小，只有殿堂和斋堂。1998年作为宗教活动场所正式对外开放。2009年经政府宗教部门批准同意，实施扩建修复。2010年大德居士张江华先生捐资重建。

关圣祠

关圣祠位于谢埠西街，在谢埠官渡古矿冶炼场遗址附近，背依梁子湖，南临吴王寨。始建于清康熙二十八年（1689），由谢埠张氏龙源兄弟创建。1931年前的关圣祠，有前后两殿，加上两旁廊庑，均为四井口，两殿用木柱支架，四周围青砖墙。前后两殿气势雄伟，布局严谨，后殿内置木雕关公全身坐像，两边有周仓、关平等人雕像。据史记载，清雍正六年、乾隆三十年、道光十一年、光绪二十九年，曾对关圣祠进行过维修或重修。1931年水灾，前殿倾圮。1937年后殿全部被洪水冲垮，所剩残墙青砖，被拆作他用。

关帝殿

关帝殿位于龙山风景区内，建在关公山之上。殿内供奉的是关公大帝。

武昌观

武昌观位于武昌山（吴王山）下，因历史上的武昌山得名。武昌山又名吴王山，位于太和镇谢埠南2000米处。

据《湖北通志》《方舆胜览》《舆地纪胜》记载："武昌山在县南一百二十里谢埠之南，武昌以武昌山为名，孙权所都。山高百丈，周八里。旧云：县名因山而得之，山以县名者武昌其一也。"

相传三国时期，吴王孙权定都武昌，武昌就是以这武昌山而命名的。孙权吴王于山上筑寨，为吴王寨，修建楼、台、亭、阁，建避暑宫，此处成为孙权讲武、修文、避暑、宴饮、娱乐之胜地。

武昌山深壑叠嶂、山势险峻、紫气萦绕、气脉连绵。有玉兰圣树，每逢子午、卯酉年盛开白花，更得岳柏奇木，适遇辰戌、丑未岁妙吐新姿。实乃仙境物阜、天造地设之道场。历代大德高道，俱此拜祖而结茅为庵。

武昌山虽经过千百年风雨，至今仍留有古寨遗址、白衣庵、吴王井、石门开、凉亭、天赐桥、石碣铭文、石刻等古迹。

　　武昌观，位于武昌山西侧。自三国时期以来，常有高道、信徒云集，香火盛旺。1948年，道观全毁，留有遗址。2005年经省、市、区三级政府部门批准，重建武昌观。武昌观现任主持，道名信毅。

白衣庵

　　白衣庵原建在吴王寨内。供奉的是三国吴王孙权的白衣将军吕蒙。20世纪70年代被毁，遗有太祖丛瑞和尚墓碑。

梅家祠堂

　　梅家祠遗址，是商代古文化遗址，位于龙山脚下莲花黄村下庄北400米，东至铁贺公路，西至截流沟。1989年文物普查时发现，遗址呈不规则圆形台地，高出地面5～6米，东西长250米，南北宽60米，面积约15000平方米，现存文化层厚0.15～0.4米。发现遗物主要为陶器，陶质陶色为泥质灰陶和夹砂红陶，有少量黑陶。纹饰有弦纹、绳纹、兰纹等。从采集标本来看，器形有鼎、鬲足、罐、杯等。该遗址处因为平整土地，西部地段破坏较为严重。从遗址边缘四周向外延伸100米为控制地带。2003年11月4日被市人民政府公布为市级文物保护单位。

（二）民间故事

龙吟洞天

龙山瀑布右30米的悬崖峭壁之上，古树古藤掩藏之中，隐约可见巨大天然石穴，洞口为"人"字形石拱门，洞前流水潺潺，洞内幽深莫测，原名龙隐洞。因原始森林中常有虎豹活动，虎啸龙吟不绝，后改名为龙吟洞。据清光绪《武昌县志·山川》，引晋陶潜《续搜神记》卷十曰："县属之灵溪乡虬山，有龙穴，居人每见神虬飞翔出入。（岁）旱祷（之），即雨。后人筑塘其下，曰虬塘，今名龙山。""武昌有龙山，欲阴雨，上有声，如吹角。"相传，有一牧童找牛不慎滑入龙吟洞，眼前的情景让他惊恐万状，又十分好奇。牧童爬进洞门，只见松油灯照在大殿中，金碧辉煌，金銮宝殿上一条大青龙正在睡午觉，桌上摆满珍果酒品，大厅内全是金色的世界，牧童跌跌撞撞爬出洞外，向村民诉说看到的情景，村民听得目瞪口呆，从此再也无人到过龙吟洞。

鲤鱼跳龙门

相传龙山西部半山腰有一水塘，名叫天平塘，常年盈水不绝。有一天，有一樵夫上山砍柴，发现塘中有两条鲤鱼，其中有一条已经死亡，另一条在水中游来游去。樵夫口发牢骚，自言自语地说道："水快淹进家门口了，这日子怎么过呀？鱼呀，你倒好，在池塘中自由自在，百姓谁来管呀？"那这条鲤鱼在水里游来游去，却是在着急。它是一条修炼千年的鲤鱼王，现在只要跳出龙门，就修成正果了。它正在着急谁来帮它跳龙门。樵夫发牢骚之际，只见乌云突起，狂风大作，塘水翻滚。一条青龙吸水，盘旋飞转，腾空而起。龙卷风将池塘水吸干，并将鲤鱼投送到山下莲花庄下庄龙门口洪水之中。半月后，洪水渐渐退去，粮田露出水面，百姓重新种上庄稼，并获得好收成。那位砍柴的樵夫见证了青龙吸干塘水那惊天动地的一幕，回去吓病了。不几日病好了后，在下庄的河沟里看到一条死鲤鱼，仔细一看，这不就是龙山天平塘的那条鲤鱼吗？百姓把这山上山下两件事情连在一起，细细一想，觉得这真是太神奇了，都认为是鲤鱼镇压了水妖。于是，村人在路旁建了一座龙门祭祀之。现在的龙山门楼就建在原址上，"鲤鱼跳龙门"的传说也就流传至今。

龙池栖凤

龙山"猫儿扑鼠"景点下方两小山洼处，有一小池塘，相传原为龙饮水之所，故称龙池。池中鱼虾嬉戏，四周杂草丛生，青松蔽日，是一处清凉隐居之地。相传有一天，一只金凤凰路过此处，被此处风景吸引。于是隐藏于草丛之中，每天观看青龙的活动，谁知日久生情，凤凰爱上了青龙，便在龙池边定居下来，乐不思蜀，从此便留下了龙凤呈祥的千古佳话。传说曾有诗人颂曰："不恋天宫恋池塘，凤凰来求青龙王，世外寻得桃源地，且把他乡作故乡。"这便是龙池栖凤的由来。

猫儿扑鼠

由龙门上山，走下一个山坳，便来到一个叫"猫儿扑鼠"的景点。因路边有一块岩石形如一只猫，其前脚正抓住老鼠，故名。传说，此处山坳地里每年有村民种植农作物，有小麦、玉米，红薯，还有板栗。可每到收割季节，村民的辛勤劳动总被鼠所害，竟然颗粒无收。村民苦不堪言，只好到长兴寺求神拜佛，希望菩萨保佑来年能有好收成。说来也巧，村民烧香拜佛回来时，发现路边一块奇石像猫一样抓住了老鼠。第二年，果然有好收成，于是人们称此地为猫儿扑鼠。有诗为证：山地半年粮，鼠害太猖狂。春洒千滴汗，秋收一扫光。求神来保佑，何日灭鼠狼？幸有神猫守，方得瓜果香。

仙人挂杖

原来龙山为原始森林，树高林密，山路崎岖难行。据传，有一位仙人到访龙山，翻山越岭来到一块巨石旁歇脚休息，随手折下一松枝当拐杖，将松枝拐杖插在地上便靠在岩石上睡着了，等他醒来时，插在地上的松枝变成了石柱，再也拔不出来，仙人便独自继续前行。此处便留下了仙人挂杖的奇观。此景点曾载入光绪《湖北通志·古迹篇》。

石印仙掌

从"仙人挂杖"景点向长兴寺方向前行100米便到了此景点。相传，有仙人走到这里站在一块岩石上观赏龙山美景，不知不觉用力过大，竟然在岩石上留下五个大脚趾印，比普通人的大数倍，脚趾印清晰可见。石印仙掌（又名仙人掌）此为龙山外八景之一，曾载入光绪《湖北通志·古迹篇》。

桂花流泉

长兴寺北山坡上有一口山泉，名桂花泉（又名青龙泉）。因泉水边有一棵古老的桂花树而得名。据说，此桂花树来历不凡，乃天上神树飘落下凡。传说有一年的中秋之夜，广寒宫中灯火通明，吴刚将新酿造的桂花酒，还有珍果、月饼摆在桌上，请嫦娥欢度中秋佳节。玉兔爬上桂花树高兴地跳来跳去，也想品尝珍果，一个跳跃从树上飞扑下来，不料踏断了一枝桂花树枝，刚好落到龙山一口泉水旁。第二天清晨，长兴寺小和尚来挑水，见到泉水旁有一桂花树枝，便随手插在泉水旁的泥土中。后来桂花树枝生根开花，几年后便变成了桂花树，香飘寺院。有联曰：泉生千年树，花开十里香。

卧佛潜山

龙山山脉是由龙山和青山两座山相连组成。从远处望龙山，如同巨大的佛像仰卧其间。其各部位匀称，如同正熟睡的大佛，栩栩如生。山是一尊佛，佛是一座山。这在自然界实为天下奇观。相传，很久以前，一位和尚上龙山寻找"野人"。来到山顶，躺下休息，谁知这一躺下便一觉睡了数千年。从此那和尚便与山融为了一体。后来山下修建了长兴寺，香火千年旺盛，卧佛便更为龙山增添了神秘色彩。因此，龙山成了远近闻名的佛教圣地。有诗曰：竺国生灵鹫，菩提树万重。风播龙山竹，雾锁罗汉桥。春来杏花乱，冬至枫叶红。雨过斜阳出，仙人睡正浓。

云塘落箭

龙山风景区内有两座山峰巍峨对峙，中间相隔形成500多米长的大峡谷。这两座山，一是吴王山（也叫白虎山、武昌山），另是龙山，形成虎踞龙盘之势。在龙山顶有一口小水塘，当地人都叫它"落箭塘"。何为"落箭塘"？古往今来，这里流传着这样一个美妙的传说。

孙权定都武昌（今鄂州）后，从建业（今南京）迁千余富户来武昌落户。为了区别地名和山名。遂将此山改名为吴王山，还从武昌修一条大道直通吴王山，并在吴王山上筑城，修建楼台亭阁、建避暑宫。一时间，吴王山便成为孙权讲武修文、避暑、宴饮、郊游之所。孙权迁都建业后，委派大将军陆逊辅佐太子孙登留守武昌，太子经常到吴王山避暑和狩猎。

据民间传说，吴王山下有一小村庄，因地处两水交汇处，水运方便，成为"商贾骈集、货财辐辏、店铺鳞次、帆樯云聚"的商埠。时有一家谢氏豆腐作坊，每天从吴王山虎头泉取水，制作一种豆制品，它薄得几近透明，似一张张可捻开的宣纸，入口绵软，清香甘甜，让人食后难忘。这就是著名的"谢埠千张"。守护吴王山的将士们特别爱吃谢埠千张，谢家每天派自己的女儿小凤给守军送货。小凤天生丽质，活泼可爱，而又正值豆蔻年华，越发出落得姿态万千、婀娜可人。时间一久，负责守山的头领鲁紫和和小凤逐渐熟悉，情感甚笃。

在一个雨后天晴、阳光明媚的日子。小凤给吴王山守军送去千张后，沿龙山坡岭，提着竹篮去采蘑菇。一朵朵如同伞状的蘑菇，悄然破土而出，探头探脑地窥视春回的大地，一丛丛挤挤挨挨、灵气活现地散布于高高低低的山岭上。小凤爬过一岭又一坡，睁大双眼搜寻，她轻轻地、小心翼翼地将蘑菇呵护着捧在手心，托之入篮，盘算着如何用自己家做的千张，配几根小葱和蘑菇一起下锅。想那美味，一定会让紫和哥吃得高兴。小凤不觉爬到了龙山顶，累了坐在平地上歇歇，吸着夹杂青草味的空气，坐看对面吴王山的鲁紫和练箭，兴奋得脸发烫、心直跳。

正在这时，一头金钱豹张开血盆大口，吼叫一声扑向小凤。小凤吓得尖叫一声："紫和哥，快救我！"便绝望地闭上眼睛……鲁紫和听到心上人的尖叫，循声望去，心头一悸。也许是爱情的力量无穷大，鲁紫和蹲下马步，张臂扬弓，一只利箭"嗖"的一声飞向龙山，正中金钱豹的喉咙。金钱豹痛得吼叫一声，丢下小凤逃向密林。

小凤得救了，他俩的爱情也被传扬开来。仁慈的太子孙登知道这件事后，同意鲁紫和与小凤成亲，但有一个要求，鲁紫和什么时候能把守卫吴王山的将士们训练成神箭手，箭能射到对面龙山顶，箭术达到能百步穿杨的程度，就让他与小凤成亲。于是，鲁紫和带领将士们日夜搭弓射箭，强化训练。龙山顶上箭声"嗖嗖"，箭如雨下，溅起的泥土凹陷成一口塘。

鲁紫和娶了美貌的小凤，也不愿意离开这片风水宝地，便和哥哥鲁紫檀在武昌山地域安居乐业，生儿育女。相传鲁紫檀就居住在今天的太和镇，鲁紫檀的后裔历经数代，子孙繁茂，成为这一带的名门望族。至今在太和一带还留有上紫檀（金坼高家咀）、紫檀庙、鲁家桥、鲁家畈、分伙塘、打鼓墩、鲁家祠等地名，太和镇紫檀村就是以鲁紫檀的名字而命名的。（鲁柳青、李名发整理）

飞天蜈蚣

龙山顶上有一个景点名为"飞天蜈蚣"。此为龙山外八景之一。相传山中有大片洼地，叫大窝。村民常在此耕种小麦、高粱、玉米、蚕豆、红薯等旱地农作物，可庄稼常受到蝗虫侵害，村民们苦不堪言。有一天，村民在地里遇见一位白胡子老人，拄着拐杖巡山路过。村民将此事相告，请求老人帮助除害。老人便从身上布袋中抓出一把黑色颗粒，洒向空中，顷刻间一群黑压压的蜈蚣从天而降，消灭了农作物上的害虫，村民正要感谢白胡子老人时，只见他化作一缕青烟，飘然而去，不见迹影。村民回家将当天遇到的奇闻趣事告诉乡亲，乡亲们众口一词地说，是土地神在保佑一方平安。为感谢土地神灵的恩情，后人在龙山半山腰修建了土地庙，常年香火不断。土地庙贴有一副对联：土是摇钱树，地为聚宝盆。景点"飞天蜈蚣"因而得名。

黄牛冲栏

走进宋家垄大峡谷关隘，举头西望，便见迎面有一座像黄牛一样的大山，从上直往隘口冲来，来势凶猛。原来这是一头天牛，偷偷下凡，专吃山民庄稼，成为此地一害。太上老君巡视路过此地，发现后禀报了王母娘娘，请求施策，以解百姓之苦。王母娘娘抽出头上的宝钗，向大峡谷划去，立刻出现了一条溪流，滔滔流水奔腾不息，并且在黄牛头前立了一块巨石，拦住了黄牛的去路。从此，"黄牛不出栏"的地名，便在民间流传至今。

石林穿竹

从土地庙至女仙池一带为天竹岭。天竹是一种较小的竹品。一般只有手指粗，其生命力极强，落地生根，耐旱耐寒，泥土中、石缝间盘根错节，是一种良好的景观植物。据传说，有位仙人到此一游，见如此佳境。感叹：若有石林，岂不更美？于是，仙人吹了一口气，从云南借来一片石林，立于竹林之中。于是，这里便形成了"竹中有石、石穿过竹林"的奇观。游人至此，无不感叹仙人的威力和大自然的鬼斧神工。

金线吊葫芦

从老虎跳涧遥望梅溪对岸的山沟，潺潺的流水流进两个上下连接的葫芦状的水池。水池很像装酒的酒壶。相传八位仙人之一的铁拐李上龙山，在野猪林中穿行，走累了，坐在一块岩石上，边吃野果边饮酒，一缕阳光透过密林，照在岩石上，铁拐李懒洋洋靠在椅子上睡着了。林中一阵鸟儿的吵闹将他惊醒。他发现睡觉时酒壶盖未盖，酒壶中的酒全部流出，从山沟一直流下来，连成两个葫芦状的水池，上面的山沟成了一条线，金线吊葫芦因此得名。

天池映月

"金线吊葫芦"景点西侧的太公山顶有一个天然的池塘，名叫明塘，也称为天池。天池不大，水不深，池水常年不干涸，池周围长满了水草、睡莲，内有无数小鱼虾和田螺，是野生动物理想的水源。传说，有一只天鹅飞到此地，想在此栖身产子，但当时只有草而无水。于是，天鹅从梁子湖中含来一口水落在山顶，便变成了水塘。天鹅在水塘的草丛中孵出了一群小天鹅，从此每年都有成群结队的候鸟在此栖身繁殖。水塘中的鱼虾及田螺成了鸟类的美食，久而久之，小池塘成了天池。每到晴空之夜，月光照在天池上，亮如明镜。因此出现了"天池映月"的美景。

仙女浴池

从老虎跳涧沿梅溪西往下步行200米，便来到了著名的景点仙女池。仙女池是梅溪之水长年累月冲刷形成的漩涡，漩涡为光滑平整呈椭圆形的水池，水深2米左右，池水上下落差1.5米左右，池中的鹅卵石清晰可见，上游之水源源不断穿池而过，产生回流，形成天然浴场。池两岸密林修竹，花果飘香，置身其间，清闲自得，仙气飘翩。谁知此景被七仙女发现，趁着王母娘娘休息之机，偷偷下凡，来到池中，宽衣解带，畅浴清溪，痛快淋漓，忘于天上人间，共此良宵。据说，山下村民夜半三更曾听到一群女孩在仙女池中嬉戏打闹的笑声呢。

丹霞飞瀑

关口下方，便是龙山著名景点之一"丹霞飞瀑"。龙山之水汇入狭小的关口，奔向百丈落差的乱石，像一匹脱缰的野马奔腾咆哮，声如惊雷，滔滔不绝，一泻千里，在夕阳余晖的照映下，银光点点，如千丝万线落玉盘，落入青龙潭，流入神龙溪。如果说龙山是一条龙，那瀑布就是龙的眼睛。难怪人们说不到瀑布不算来龙山，可见瀑布在龙山的地位。山门瀑布曾载入《武昌县志》。相传晋代著名诗人陶渊明曾到此观瀑，被大自然的美景所倾倒，口占龙山观瀑诗传世：曲水流觞九十旋，丹崖秀谷有洞天。银河倒挂关山口，妙笔生花在龙潭。

罗汉献脐

位于龙吟洞右侧，便是著名景点罗汉献脐。龙山山系之太公山形如罗汉，又名罗汉山。有一块巨石立于山中，远远望去如同罗汉露出肚脐。相传长兴寺中罗汉来到太公山，坐在山顶上念佛，一颗佛珠滑落掉入树林中，竟然变成一块巨石立于山中，远远望去，如同罗汉露出肚脐。百姓见此景观津津乐道，认为有佛祖保佑，百姓有福，就将此景点命名为罗汉献脐。这正是联中所说：大肚能容，容天下难容之事；笑口常开，笑世上可笑之人。

胡杨抱井

神龙溪至青龙潭经面坊古宅穿过窑垱突然转个90度的急弯，来到双龙古井旁，便是胡杨抱井景点。双龙古井起源于明嘉靖年间，黄庭坚二十六世孙黄子建（字平原）自江西瑞昌迁来莲花塘落户，在溪边开挖一口水井，并在井旁栽下几棵杨树和狗骨树。井挖好后，发现井底有二龙显影，以为一井不藏二龙，于是在井旁又开挖一井，形成双井，又印证了"双井堂"堂号。井水冬暖夏凉，胡杨树高耸云天，井旁成为村民夏天纳凉之处。目前，胡杨树和狗骨树已有400余年的历史，被市林业部门挂牌保护，列为市级保护名目。

状元桥

神龙溪穿越胡杨抱井向左转90度弯，便来到一座古石桥，这就是状元桥。此桥始建于明代嘉靖年间，距今有400余年历史。桥面高于水面22米，宽4米，跨度10米，全部由石块砌成，呈半圆拱形，单跨。桥面石上有两排方孔，说明以前此桥还有石条护栏。桥面高低不平的路面和车辙印记诉说着历史的沧桑，原来此桥是有来历的。相传，从前此处原为独木桥，只能容纳一人通行。桥下是滔滔洪水，路过此桥，行人总是胆战心惊，生怕落下水被洪水冲走。曾经有位书生骑着高头大马，过河进京赶考，不料独木桥挡住了去路。时间紧迫，只好将马拴在桥头的小树上，独自背着行李过桥，准备回来时再来找马。说来也巧，书生赶考高中头名状元，成为朝廷命官，状元郎不忘马的功劳，行路来到独木桥头，发现马已饿死，树下只剩一堆白骨，他悔恨万分，要是当时桥能走马，也不至于如此。于是状元郎出资修建了这座石桥，人们称之为状元桥。

二贤对弈

1. 一日，苏东坡与黄庭坚在龙山松树下对弈。

2. 苏东坡刚投下一棋子，忽然几颗松子掉落棋盘中。他心里一乐，随即吟出一上联：松下围棋，松子每随棋子落。

3．黄庭坚待苏东坡吟毕，便环顾四周，见不远处池塘边柳树下有一老翁正在垂钓，立即吟出下联：柳边垂钓，柳丝常伴钓丝悬。

4．联兴助棋兴，棋兴助联兴。两人一边对弈，一边吟诗应对，雅兴正浓，夜幕降临，才依依不舍离去。

（黄天明画）

三、妙笔生花　彰显文脉

古埠楚韵

刘敬堂

（一）

在鄂州这片热土上，我已经度过了漫长岁月，曾经去了众多的村庄和城镇，自以为已知道了这座古城的前世今生。但当我去了梁子湖畔的谢埠村时，始知道自己阅历和见识的肤浅。

初夏时节，一行人应夏君之邀，前往参观谢埠的龙山，因为他撰写的《风雅龙山》一书，即将出版。

到达谢埠时，他领着我们穿过狭窄曲折的街道，来到村外一个不大的广场，看到了一座其貌不扬的门楼，门楼上写着四个楷体大字：千年古埠。

埠，即江河湖海岸边的码头，可供人登船下船和装卸货物。若码头旁边有集市和商家，就是商埠。长江沿岸有众多的码头，其中就有著名的码头：蚌埠。

在我的记忆中，20世纪60年代我去梁子岛时，曾路过谢埠；70年代参加阳武干渠水利工程会战时，每月至少经过谢埠一次；80年代因拍摄专题片《鄂州在前进》，也多次经过谢埠。我对谢埠的认知，仅仅停留在谢埠的"千张皮"上：白如银，薄如纸，韧如布，远近闻名，是皇家的贡品，仅此而已。

眼前的这座"千年古埠"，是竹质的，虽已经历风雨的冲刷和打磨，但仍然忠实地守望着当年的古埠，这是后人留下的历史标志。

我站在古埠边，忽发奇想，在门楼后边有一幽深的古塘，在粼粼的水波底下，会不会有当年遗落下来的"鄂君启节"？

鄂君启节，是战国时期楚怀王下令铸造并颁发给封君鄂君的铜节，也是通关免税的凭证。

铜节分为车节和舟节两种，舟节上铸着164个文字，上面有金银错的图案。车节和舟节都有实物出土，对研究楚国和鄂国的关系，以及当时的政治经济文化，有着重要的参考价值。

我还有些疑惑："千年古埠"距离梁子湖有十多公里的路程，这里如何能停泊船舶？

夏君便领着我们走到一条刚刚竣工的高速公路旁，公路一侧有一条挖通的水渠。他指着远处的稻田告诉我们，当年梁子湖水域十分宽阔，北连长江，南达"千年古埠"。斗转星移，今天，湖面缩小，退水的地方已成为新的桑田，这条水渠可直达远处的梁子湖。

时间的无形世手，可以改变有形的自然生态。

（二）

离开"千年古埠"后，一行人便去了离"千年古埠"只有十多公里的金牛镇，那里有座鄂王城。

金牛镇原属鄂城管辖，后划给了大冶市。

到了鄂王城，我见广场上耸立着一尊十多米高的铜像，在石质的像座上镌刻着"鄂王"两个大字。

鄂王城的宣传图片上，写着一行文字：鄂之根，楚之源。

我对这座鄂王城知之甚少，很想弄明：

鄂国的都城是这里吗？

鄂国一共传了几代鄂王？

广场的这位鄂王叫什么名字？是哪一代国君？

这位鄂王与鄂君子皙是什么关系？

……

由于时间紧迫，一时难以厘清，心中顿感迷茫，只好匆匆离开了鄂王城。

（三）

登上谢埠的龙山，见古松如虬，新篁含翠，满目皆是绿色！山谷中还有清澈见底的山泉，溢出的泉水淙淙流淌着，若一首反复演奏着的感叹调，让人耳目一新。

在松竹掩盖下，有古刹道观隐显其间，晨钟如歌，暮鼓如语，为这座龙山平添了一份幽静。

登上山巅，鸟瞰远处，似能看到梁子湖上的点点帆影，湖面上有翻飞的鸥鸟；梁子湖宛若一面巨大的铜镜，映照着晴空的白云，我仿佛听到了那首天籁之音：《越人歌》。

中国著名的戏剧家、教育家，原上海戏剧学院院长熊佛西先生，被誉为"中国的易卜生"，与田汉并称"南田北熊"，他与欧阳予倩、田汉、洪深一同被视为中国现代戏剧运动的拓荒者和奠基人。他的外孙女小菁就是在鄂州长大的，对鄂州的历史颇有兴趣，还在《古都夜话》等文章中提到过《越人歌》。

小菁女士现已退休，居武汉，还时常来鄂州看望我和房大夫。

周历王灭了鄂国之后，鄂邑（鄂州）便成了楚国重要别都。

春秋时期的楚初王子比封母弟子皙为鄂君。子皙受封后，便在随从人员陪同下，登上梁子湖上的一艘游船，一时间钟鼓齐鸣，管弦不绝。驾船的是位年轻的越人，她在乐声停顿之际，双手抱着船桨，用越语唱了一首歌，歌声委婉悠扬，十分动听。因鄂君子皙不懂越语，便让随从翻译成了楚语：

> 今夕何夕兮 搴舟中流，
>
> 今日何日兮 得与王子同舟。
>
> 蒙羞被好兮 不訾诟耻，
>
> 心几烦而不绝兮 得知王子。
>
> 山有木兮 木有枝，
>
> 心悦君兮 君不知。

这位驾船的越女，在歌声中表达了遇到鄂国王子的激动，也抒发了她内心的率真，纯净的情愫。

这首歌，也被采诗官们采去了。

楚王共有五个儿子，其中四个儿子为争夺王位而相互争斗，子皙从小作为人质在国外流浪，他归国后，远离了宫廷，来到了鄂邑。

不幸的是，当他被封为鄂君的第十天，楚国再次发生政变，鄂君自杀身亡了！

楚君子皙虽然永远离开了鄂邑，但那首《越人歌》，却流传下来了，成为中华民族文化宝库中的珍贵遗产。

在回程时，我打开车窗，有缕缕湖风徐徐吹来，那是一种浓郁的楚风；远去的古埠，宛若一轴画卷，展示着独特的风采，也散发着典雅的楚韵。

鄂州，蕴藏着深厚的文化底蕴。

文化，有着永恒的生命活力。

自是人间有龙山

胡雪梅

　　山不在高，有仙则灵，水不在深，有龙则灵，地处湖北省鄂州市梁子湖区的龙山，是一位养在深闺人未识的大姑娘，四季溪水潺潺，竹海风飒飒，青松遍山岗，翠草铺尽山谷。你不能在春天的时候来，竹海里的嫩竹，正在拱破春天的土地，那昂扬的姿态，有如孩童与爷爷拔河，拼尽全力要来一场脱胎换骨，这是生命的赞歌，我怕你感动得落泪；你不能在夏天来，满山的绿，将你的眼睛变成青色的海洋，仿佛深不见底的太平洋，那风平浪静的眼眸，要将你化身一只飞鸟，从此再不眷念人世的美色；你更加的不能在秋天的时候来，满山的颜色是画家描绘的，不，画家也无力画出这龙的故乡，这是神灵的杰作，他用彩色的笔，恣意泼洒，用木桶，竹筒，用他的衣袖，甚至他的歌声和清影，点下的，倒下的，掷下的，天女散花似撒下的，大自然深情而野蛮的山谷里，挤满的颜色，不是黄的，也不是红的，更不是白的，是秋天的酣醉，是不省人世的成熟与沧桑。是的，你更加的不能，不能在冬天的时候来，梁子湖浩瀚的冬天，湖波万顷，漫长而傲娇，在这龙山的脊梁上，不死的青松顶起洁白的冰棱，他们合唱一首春天的歌谣，飘雪的山谷里，鸟儿飞起，惊得大雪纷纷下。整个梁子湖松软而肥沃的土地，都睡进春天的梦里，任你千万遍地喊，也不会醒。

你能来吗？这大美的龙山，四季皆是你来的理由，这四季，又偏偏都是你不能来的理由。

我到龙山来，已是四月的清明。听说，东坡先生谪贬黄州时，在龙山留下一口洗墨池。循着东坡先生的足迹，我怀揣着赤子之心到来。遥想千年之前的黄州，以怎样的城池迎来被帝皇发配而来的文学大师，长江之水滚滚东流，大师，怎样行走在黄州的青石板上，又怎样的，挥毫写下"大江东去浪淘尽，千古风流人物"的旷古诗句。据史料记载，东坡先生天性昂扬，喜云游四方，曾多次摇橹过江，到鄂城西山游玩，与西山大庙高僧畅谈人生，乐而忘忧。东坡先生居黄州五年，便辉煌了千年的黄州，让黄州人亦骄傲了千年。因此，一方留在龙山的东坡先生洗墨池，自然而然地撩动我的兴意，春和景明的早晨，阳光若隐若现地透出云层时，我背负行囊，依山而上。

龙山的脚下，是宁静的村庄，青翠的庄稼，勤劳的农人，娇丽的村妇提着竹篮，装满肥嫩的竹笋。龙山腰，长满青绿而又齐整的"裙裾"，仿佛只需一个轻巧的转动，便能飞起万千的妩媚。这是竹林，龙山上挺拔而高耸入云的竹子，只要你抬起头，便能看见挂在竹梢上的太阳。

太密了，龙山的竹，以至于她们精灵一样，掩盖了山中的红房、青瓦，又图画一般，装饰着距今已有一千余年历史的长兴禅寺。有史料详细记载，长兴禅寺始建于北宋咸平年间（998—1003），为高僧长兴所建，属禅宗派佛教。寺四周有名僧坟墓近百座，石碑50余块。一千多年来，长兴禅寺屡毁屡建，但历千年沧桑，依然雄踞山间，坐拥佛教圣地之名号。

　　望过竹海，便扑进龙山的胸怀。山上清凉、清静、清心。四月芳菲，花事灿烂，细草绿芒之隙、沃土之上、草木之间，暗香涌动。红的、绿的、蓝的、黄的，各色大小花朵，绽开春天的笑靥，杏花、梨花、野樱花，在山谷开放，由不得春风，来与不来，她们都要肆意地开放，好似姑娘的芳心，任何牢笼都关不住的青春，就是这样肆无忌惮地冲撞，龙山，也是这样的活泼好动，也是这样的风情万种。

　　想那一千多年前的龙山，大约是一片原始森林吧，直到今日，它依然保持着野蛮而自由的模样，任草木荒长，任溪水淙淙，脚下的竹根、草根、树根，都一律倔强地霸占着土地，寸土不让。我寻找东坡先生的洗墨池，不觉听着溪流之声，走到了青龙泉。

　　当地人介绍，青龙泉长年不干，清澈见底。我先是不信，小心翼翼地走拢去，分明见到一面光亮的镜子，映出我的脸庞。哦，这千年的水镜，不知照过多少美人，想我也算一个，不禁心花怒放。

　　那一年，东坡先生从黄州来西山，煮菩萨泉，吃东坡饼，和佛觉和尚聊了一个大天，得知南去80里，有一座长兴禅寺。东坡先生意趣盎然，便问作何而去？佛觉和尚说，泛舟湖泊，沿途风光无限，不去可惜。

　　不知是否属实，东坡先生驾舟数天，谈笑风生，从洋澜湖游进保安湖，又游进梁子湖。彼时，沼山有一处梁子湖码头，十分热闹，来往船只鼓满风帆，拔锚远航，值得一看。东坡先生历游全国，见过的大世面远不止一口大湖，但东坡先生生性豪放，去哪里不是一去，便在梁子湖下船，直奔龙山。

　　彼时龙山不知大师到来，不然，满山的杜鹃要开得红艳惊天。大师遍游名川，一个偏远的龙山未必能打动东坡先生，然而，龙山的山水多情，流盼之间，已将大师融入竹海、花海、林海。

龙山的水，出自天然，水流潺潺，纯粹动听。东坡先生移步龙山，只见满山翠竹，满谷野木，满眼皆是欣喜。长兴禅寺正是诵唱时间，梵音如梦，跌宕起伏。东坡先生大驾光临，龙山人奔走相告，山上山下一片沸腾。真由不得东坡先生随意漫步，三五步之内，皆是颂扬，先生持有《念奴娇·赤壁怀古》，一生豪情寄托于此，震撼华夏，谁不该心向往之，恭敬三尺？

想必那时的东坡先生是极其的谦逊，温和而风度翩翩，为了一睹大师风采，鄂东南人蜂拥而至，将龙山堵得水泄不通，直到千年之后的今天，龙山均未再现此奇观。

龙山之幸，幸在大师的脚印印在山川；龙山之幸，幸在大师的风骨长存人间。到龙山，越往山里走，越是心生自豪，心生敬畏，想大师前来的龙山，具有神灵那样的肃穆与庄严。站在长兴寺门外，仰望高高的佛塔，顿觉龙山之行必不可少，在龙山可以寻找精神的家园和归宿。

东坡先生的洗墨池，在竹海里，经过千年风雨，这池墨水，也成为传奇。我走遍了龙山的大小寺院，没有找到东坡先生的笔迹，亦或诗句，求问长兴禅寺的方丈，他正在庙前打扫樟树叶，我虔诚地询问，他笑而不语。

我是想去寻找答案的，春天的龙山，似刚刚苏醒的少女，无论走到山间的哪一处，都散发着馨香，那是女孩儿脸上珍珠雪花膏的香味，是她们头上桂花发油的香味，是腰肢扭动，风情万种的模样，是款款而行，沉着稳重的步伐。放眼一望，山间采茶的姑娘，种茶的青年，挑柴的老农，田间锄草的农妇，背书包赶去学堂的孩子，山间成片的桃树，茂盛的油茶，清爽的道路，龙山呈现着古朴、顽强、坚毅，稳如泰山一般的安详，我确定，东坡先生来过，他带来的不仅仅是一首诗词，他带来的，是永远的信念，豁达与坚强，长生在龙山。

离开龙山，已是暮色苍茫，春天的傍晚，晚霞如诗。此行有着特别的意义，生活的茫然一扫而空。请你到龙山来，如果你心生烦恼，如果你去意迷茫，如果你不堪折磨，那么，到龙山来吧，东坡先生来过，他这样度过艰难的日子，这样变成美好的时光。

如果你到龙山来，当整待衣妆，如初嫁的女子、迎亲的男儿，龙山的天真无邪，龙山的荡气回肠，龙山的大气磅礴，都值得你怀揣少年的理想，轻轻地、美美地走来。

龙山随想

杨武凤

一

818年（唐元和十三年），被贬江州（今江西九江境）作司马三年多的白居易，终于接到了皇帝启用他的敕旨，任命他为忠州刺史。满以为会终老病死在蛮荒之地的他，欣喜之余，感叹这来之不易的再生之机，他给对自己有提携之恩的宰相崔群献诗：

提拔出泥知力竭，吹嘘生翅见情深。

剑锋缺折难冲斗，桐尾烧焦岂望琴？

感旧两行年老泪，酬恩一寸岁寒心。

忠州好恶何须问，鸟得辞笼不择林。

不像谪官接到诏书须立即动身，白居易有充裕的时间整理行装、准备行程。次年春暖花开之季，白居易率家小几十口人从江州出发，沿长江逆流而上，往忠州（今四川境）履新。途经武昌城（今湖北鄂州），受到李程的接待。二人相会于武昌城，李程在江边的庾亮楼设宴为其接风。

李程出身唐宗室疏支，为唐高祖李渊堂弟、襄邑恭王李神符的五世孙。唐德宗贞元十二年（796），李程中丙子科进士第一，以状元及第。不久后，考中博学宏辞科，历任地方节度使府的幕僚，现为鄂岳观察使、鄂州刺史，即地方军政一把手。他励精图治，口碑甚好，所以，无论是出身门第，还是学位、官职，以及政绩，白居易都差了好几个级别，甚至年龄，也少六七岁。

一向见物吟咏抒怀的诗人白居易，在这声名显赫的庾楼里，却不能发声了，固然因为自己对李程持有拜谒之礼，不便恃才逞能，更主要的是因为，此前在江州，他已误将当地的南楼作庾楼咏过一首《庾楼新岁》诗：

岁时销旅貌，风景触乡愁。

牢落江湖意，新年上庾楼。

那时，他刚贬到江州不到一年，宦海沉浮、谪居蛮夷，新春登高思远，感怀而作。还有一首《庾楼晓望》诗：

独凭朱槛立凌晨，山色初明水色新。

竹雾晓笼衔岭月，蘋风暖送过江春。

子城阴处犹残雪，衙鼓声前未有尘。

三百年来庾楼上，曾经多少望乡人。

也是在他贬谪江州时登南楼所作。此时此刻，白居易听说李白在武昌城这座有几百年历史的庾楼里咏过《陪宋中丞武昌夜饮怀古》：

清景南楼夜，风流在武昌。

庾公爱秋月，乘兴坐胡床。

龙笛吟寒水，天河落晓霜。

我心还不浅，怀古醉余觞。

很显然，李白认定武昌城的这座楼才是真正的庾楼。白居易也糊涂了，究竟哪一座楼才是真正的庾亮楼呢？白居易是李白的粉丝啊，于是，他只得搁笔了。

庾亮楼又称庾楼，在现湖北省鄂州市鄂城区古楼街，据《武昌县志》记载，此楼原为三国时吴王孙权之端门，至今已有1700多年。亦称之为"南楼"，因其在武昌县治之南。民间较多称之为"古楼"或"鼓楼"。

晋咸和九年（334），庾亮接任江、荆、豫、益、梁、雍六州都督，领江、荆、豫三州刺史，号征西将军，迁镇武昌。在武昌期间，他政绩卓著，颇得民心。庾亮曾与下属在南楼赏月，留下佳话，人们赞赏庾公平易近人和坦率真诚，便将南楼称为"玩月楼"或"庾公楼"，

二

从庾楼出发往南行，约一小时车程，即到达龙山。龙山又称莲花山，属幕阜山余脉，南依大冶市，北望梁子湖，其海拔246米，虽不算高，却如一条巨龙盘踞，长年云雾缭绕，若隐若现，宛如仙境。

"山不在高，有仙则名，水不在深，有龙则灵。"龙山是一座历史名山。晋代史鉴《武昌记》记载："武昌有龙山，欲阴雨，上有声，如吹角。"光绪《武昌县志》，引晋陶潜《续搜神记》曰："县属之灵溪乡虬山，有龙穴，居人每见神虬飞翔出入。（岁）旱祷（之），即雨。后人筑塘其下，曰虬塘，今名龙山。"

神龙布雨显属神话传说，《续搜神记》是陶潜为《搜神记》写的一部续书，而《搜神记》是一部记录古代民间传说中神奇怪异故事的小说集，作者是东晋的史学家、文学家干宝。从中不难看出，古代百姓对神灵的敬畏与崇拜。所谓"祷之即雨"，也可能只是一种巧合，更多的则是劳动人民对美好生活的向往，并寄希望于神灵的护佑。

即便是一种巧合与想象，也真实反映了处于生产力不发达时期劳动人民的思想情感。龙山也因此而名，并被载入史册。

三

春风拂面、油菜花黄的季节，龙山的传说典故和灵秀葱茏召唤着我们一群文友。进入她的怀抱，便陷入绿色的海洋。满目的竹林，遮天蔽日；潺潺的泉声，不绝于耳。西山坡上，有一股清泉，名青龙泉，泉水清澈见底，常年不干，且清冽甘甜，传说有僧人在此汲水，见水中有青龙倒影，因得此名。

转过西山坡，走近长兴寺，仍有泉流声，哗哗哗地，始终伴随着我们，如影随形。才知，在长兴寺的左右两边也都有清泉流淌。在龙山，游走到哪里，都走不出绿色的怀抱，谈笑到何方，都有泉流的奏鸣与欢唱。让人想起于淑珍那首脍炙人口的《泉水叮咚响》。

海拔并不高的龙山，山泉瀑流众多，水资源丰富。众多的溪泉瀑布又滋养着繁茂的植被，形成了集奇花异草，珍木禽兽以及怪石、峰峦、寺庙等自然与人文景观于一体的风貌，龙山因此而青春永驻、芳馨长留。

龙山脚下的谢埠街人，引龙山泉水制作千张，形成"色微黄、薄如纸、坚如布"细腻柔软鲜香的特色。"谢埠千张"在明清时即为朝廷贡品，谢埠千张煮鳜鱼则是一道闻名遐迩的鄂州佳肴。

龙山清幽之地，适合静修。坐落其间的长兴禅寺，始建于北宋咸平年间（998—1003），为高僧长兴所建，距今已有一千余年历史。该寺属禅宗派佛教。寺四周有名僧坟墓近百座，石碑50余块。龙山佛教文化传承历史悠久，屡建屡毁，屡毁屡建。现今寺院，乃2009年重建。殿宇不多，规模也不大，却金碧辉煌，飞檐斗拱，气象庄严。

据知情者介绍，前年曾有年轻貌美女尼来此修行，她是佛学院毕业的大学生，可是不久后，悄然离去，不知所终。其实，研习佛学，并不一定就是出家，自古以来就有因生活无着而皈依佛门者。在儒释道三教繁盛的隋唐，全国县级以上地域被普遍要求建立寺庙或道观，因由朝廷供奉，导致僧尼、道士最多时达几十万人，其间，不乏因贪念僧尼或道士的供奉或处于高层的社会地位而出家者。现今佛学院弟子，肯定有真心向佛，潜心研究佛经，修身养性、参禅悟道者；现代社会的开放开明之风，对僧尼等出家人的要求也不会如从前般严苛，但是，长期生活在远离红尘的大山茂林中，也不是一般人能轻易可为的。所以，不可否认，其中会有一些求职谋生者。原本就没大彻大悟，何谈四大皆空？他们不仅难耐精神与物质的双重空乏，更难抵御多姿多彩的世俗生活。现在，寺院大抵也遵从来去自由的约定吧。对于那离去的年轻貌美女尼，希望她找到更满意的工作，或远走高飞到名山宝刹继续参禅悟道。

四

龙山与武昌山相连。有史料记载三国时期，吴王孙权曾在此屯兵立寨，操练三军，并用"以武而昌"之意命名武昌山、武昌门、武昌县等。相传，吴王孙权统兵习武射箭于武昌山，箭落龙山，自成一塘，故遗留下"吴王落箭塘"。

在长兴寺的几重殿宇旁，有一处凉亭，名"二贤亭"，其实只剩了依稀可辨的亭柱，传为当年苏轼与黄庭坚下棋处，并且还留下二人即兴所赋名联："松下围棋，松子每随棋子落；柳边垂钓，柳丝总与钓丝悬。"此联确乎不知二人何处所写，但故事大抵如此：二人对弈正酣时，有松子落于棋盘，苏轼脱口而出上联，黄庭坚知是老师考其急智，于是环顾四周，恰见远处水塘柳树下有老翁垂钓，于是成就了这一绝佳的下联。二人知心会意而笑！此联是否真在龙山所作已不得考，就如当年白居易将江州的南楼误作庾楼吟诗抒怀，其诗仍不失为好诗一样，二贤亭的故事，或真有其事，即便是误传或附会，也显见得龙山当地老百姓崇文尚武精神之可嘉！

龙山除"青龙泉"与"落箭塘外"，还有很多风景名胜，号称内、外"八景"。

龙山下的村庄莲花黄村，传为黄庭坚之后裔，明代由江西迁徙龙山脚下莲花庄垦荒定居至今。村中一黄姓老者，有意借国家保护自然生态政策，投资扩建龙山的寺庙佛院，护佑周边百姓安宁，此实为一大善举。有文友笑言：如果能随缘安一处宅院，接纳远近喜好写作者来此潜心创作，让一方文脉源远流长，更不失为一种小而可为的善行啊！

期待龙山的未来，更加美好！

2022年4月

太和龙山游记

刘鸿宾

十二月的雪月，到处充满了银色的阳光，大地亟待回春。太和的龙山却充满着勃勃生机，春意盎然，微风吹动，无处不劲昂。是龙在舞动着龙山，是龙在迎接远道而来的吴都客人。

龙山，又名莲花山，属幕阜山余脉，海拔246米，坐落于鄂州市南60公里处，距梁子湖区太和镇3公里，位于太和镇莲花黄村境内。晋代史笔《武昌记》记载："武昌有龙山，欲阴雨，上有声，如吹角。"又据光绪《武昌县志》山川。引晋陶潜《续搜神记》卷十曰："县属之灵溪乡虬山，有龙穴，居人每见神虬飞翔出入。（岁）旱祷（之），即雨。后人筑塘其下，曰虬塘，今名龙山。"

我们从敞开的龙门步入望龙亭，好一派龙山风光，似一尊巨佛横卧龙山间，佛头、佛胸、佛肚、佛腿、佛脚俱全，全身匀称，仰卧其间，栩栩如生，如云雾漂渺，如虚如幻，如影如形。民间传说，曾有一佛到访龙山，发现此处风水宝地，山清水秀，便在此仰卧闭目安眠，心静如止水，后来竟与山融为一体，给百姓带来一方平安。

我们随着旅游的人流步入长兴寺，龙山别开生面又一景。长兴寺始建于五代后唐明宗长兴四年（933）。时僧人在莲花山下结庐为寺，以明宗长兴年号为长兴寺。转眼千年，而今的长兴寺已是旧貌换新颜：三圣殿、观音殿、大雄宝殿、金刚、释迦等九殿十三配殿厢房等等，再现千古金碧辉煌。青松绿竹掩映古寺，祥云生瑞气，龙山寺长兴。

龙山旅游景点众多，我们于龙吟洞观瀑，龙吟洞位于乌龙潭右方一天然石穴，高丈余，深不见底。古传每逢阴天下雨之前，俗话说"着天色"，有龙声如号角，龙吟洞由此而名。

龙山瀑布在关口处，龙山山水汇于峡口，落差十数丈，经久不息，形成壮观瀑布，成为龙山一大名景：在龙山瀑布下方为一水潭，深不见底，传有青龙出没，故名青龙潭。相传晋代著名诗人陶渊明曾到此观瀑，传有名诗于世：

> 曲水流觞九十旋，丹崖秀谷有洞天，
>
> 银河倒挂关山口，妙笔生花在龙潭。

龙吟洞西面有仙人挂杖，位于龙山"猫儿扑鼠"景点附近，有两棵松树，如同仙人挂杖。相传曾有一仙人来龙山一游，因无山路，便在丛林穿行，道路崎岖，十分艰险，于是仙人随手折断一树枝当拐杖向龙山走去，因此便有了仙人挂杖的传闻。带有仙气的"仙人掌"景点，位于龙山"猫儿扑鼠"附近，崖石上留下了五个脚趾的脚印，脚印比普通人的大数倍，清晰可见，疑为仙人到访龙山在此休息，留下的痕迹。仙人挂杖、仙人掌同为龙山八景之一。

龙山内八景之一有青龙泉：位于龙山长兴寺西山坡上有一口泉水，清可见底，常年不干，是寺内僧民生活用水。据传一僧人曾在此取水，见泉水中有青龙倒影，因而得名青龙泉。

无限风光吴王落箭塘。龙山东山有一名山为武昌山，俗名吴王山。相传三国时建有吴王寨。吴王孙权曾驻寨练兵习武，箭雨射向龙山顶，日久自成一塘，至今古塘尚存，盈水不绝。会当凌绝顶，一览众山小。站在吴王落箭塘上，原来风云际会的武昌山就在眼前，与鄂州第一古寨——吴王寨相隔只有一箭之地。往事越千年，吴王征鞭。我们仿佛看到吴王孙权在此演兵，摇旗呐喊，箭射落箭塘。

龙山顶还有"飞天蜈蚣"景点，放眼一大片山地，相传村民常在此耕种旱地农作物，常被害虫侵食庄稼。忽然有一群飞天蜈蚣，飞到此觅食消灭了害虫，百姓山粮丰收，为感激飞天蜈蚣，飞天蜈蚣因此得名。此为龙山外八景之一。

我们还游览了"二贤亭"。相传苏轼隐居龙山期间，文友兼苏门四学士之一黄庭坚寻迹前来拜访，相聚于长兴寺下松树旁对弈品茗。忽然树上一颗松子落入棋盘，苏轼随口吟出上联："松下围棋松子每随棋子落。"黄庭坚一时未可应对，便见山下不远处一池塘边柳树下有一老翁钓鱼，便灵机一动，随口对出下联："柳边垂钓柳丝常伴钓丝悬。"言毕，二人摸摸胡须，开怀大笑，传为佳话。

仙人下棋位于龙山关口附近，有一块巨大石头，呈正方形，平面面积约为26平方米，重达数百吨，平放于绿树丛林之中，石面花纹酷似围棋棋盘。谁人能在如此巨大的棋盘下棋呢？只能是仙人所为。又传说青龙山仙人来访，十分高兴，便从附近山上搬来一块巨石，与仙人对弈，故为仙人下棋。

山不在高，有仙则名。栖凤池为龙山"猫儿扑鼠"附近一池塘。池中杂草丛生。相传有一天，一只凤凰落于池边草丛之中，每天观看青龙出没于龙山活动。青龙见其十分漂亮可爱，便劝说她留下来，享受龙山风景秀丽的美景，隐居于人间世外桃源、清凉佳境，于是凤凰从此在池中栖息，早出晚归。后人将此池称为栖凤池。

位于龙山梅溪畔有一凸起奇石，名叫"老虎跳涧"，引来游客观赏。此石高于周边石滩，下方溪水下雨时猛涨，滔滔不绝。有樵夫上山砍柴时遇见老虎，老虎站在石上，飞身跃过溪流，奔于对岸觅食，后人将此石称为"老虎跳涧"。此石为龙山外八景之一。

龙山奇石迭出，"猫儿扑鼠"石，位于龙山对面的山坡处。百姓山地种的庄稼常被鼠害，有一石猫常年在此守候，为民灭鼠，百姓称为神猫。故名"猫儿扑鼠"。"老虎跳涧""猫儿扑鼠"都为龙山外八景之一。

蝴蝶泉位于龙山脚下腾龙溪畔，常年不干。每到春夏时节，常有各色蝴蝶成群结队来此戏泉，长久不散，乡人确信泉有灵气，是吉祥之兆，故名蝴蝶泉。

龙山不仅有竹林，还有石林。龙山天竹比比皆是，其生命力极强，在土地石缝盘根错节，落地生根。仙人来访龙山时，曾发感叹：只见天竹，不见石林。仙人便吹了一口仙气，顿时烟雾缭绕，一片石林从远处飞来，立于路旁。石如刀削，光滑平整，如兵马俑排列，好像迎接往来的游客，实在是妙趣横生。

龙山集寺庙、龙吟洞、青龙潭、天然卧佛、峰峦、怪石、古井、溪泉、瀑布、山涧、奇花、异草、珍木、稀禽、野兽等独特的自然景观和人文景观于一体，旅游文化十分丰富，这里环境优美，气候宜人，是一处适宜旅游、度假、休闲、朝拜的风景名胜之地。踏遍龙山情未了，风景这边独好！

显山显水显文脉

邓文兴

　　不经意间，我与文友第二次步入到花黄村龙山，映入眼帘的是一幅山水风景画卷，觅寻到的是心中久违的历史文化诗篇。

　　龙山耸立在梁子湖畔，是崇山峻岭中的闺秀，山脉连着如同九头动态的狮子山，连着虎虎生威的虎山，连着展翅飞翔的凤凰山。千年龙山，汇集的是一种精神、一种文化、一种追寻，需要用心去触摸、品尝和感悟。龙山的原生态秀色可餐。

　　龙山面朝波涛的梁子湖，是幕阜山演绎出的一座花枝招展的美女山。漫山遍野的楠竹林、松树林、红枫林层层递进、层层尽染，红的、绿的、黄的色调，就像餐桌上的佳肴，就像画家调色板的颜料，就像音乐的五线谱，令人如痴如醉的自然秀丽景色，让人流连忘返。龙山牵着九宫山的衣襟，与毗邻的山一起手拉手，一起唱和，一起弄舞，一起露出笑靥。累了，躺在林中谈笑风生，渴了，喝一口清甜的梁子湖水，饿了，品尝一个新鲜的胡柚。龙山就是龙山，远离城市的喧嚣，远离城市的五彩缤纷，远离城市的浮躁。龙山是一位无忧无虑楚楚动人的少女，过着日出而耕、日落而息的田园生活，笑迎天下宾朋。龙山的历史文化熠熠生辉。相传大文豪陶渊明曾到龙山游览了龙吟洞、瀑布、青龙潭之后，吟出传世的"曲水流觞九十旋，丹崖秀谷有洞天，银河倒挂关山口，妙笔生花在龙潭"的佳作。有一天，黄庭坚和苏轼相聚在寺庙的松树旁边对弈边品茶，突然树上的一颗松子落在棋盘上面，苏轼触景生情地吟出"松下围棋，松子每随棋子落"的上联，黄庭坚抬头看见前方有位老翁坐在池塘边的柳树下钓鱼，不慌不忙地对出下联："柳边垂钓，柳丝常伴钓丝悬"。两人一番吟咏之后，继续对弈品茶。苏轼在龙山隐居期间，常到长兴禅寺问道参禅，吟诗作赋，挥毫泼墨，留下千古绝唱的诗文。据记载黄氏属黄庭坚后裔，由江西迁于花黄庄，迄今为第三十九代，仍继承祖宗"晨昏不忘亲命语，早晚常敬祖宗香"的家训，并修建了梅家堂双井堂，已有四百多年历史。龙山的地域历史孕育出璀璨的文化，龙山的古迹映衬出厚重历史。据光绪《武昌县志》记载："县属之灵溪乡虬山，有龙穴，居人每见神虬飞翔出入。（岁）旱祷（之），即雨。后人筑塘其下，曰虬塘，今名龙山。"明嘉靖年间，宋代黄庭坚第二十六四世孙黄子建公来到龙山兴家立业，在神龙溪旁修建了一口水井，井水冬暖夏凉，长年不竭，汲水人见井底疑似二龙戏水，认为一井不能藏二龙，立即在附近另掘出了一口水井，便形成双龙井。花黄村的自然湾依山而建，明嘉靖年间，乡民在龙山兴建九重连居，连墙接栋，鳞次栉比，百户人家连在一起，遇上雨雪天气，乡民相互串门不湿鞋，神奇的古民居彰显出客家一流的建筑工艺。明代嘉靖年间修建的接龙桥，迄今仍然保留着原有的石拱桥风格。一方水土孕育出一方人文景观，孕育出一方厚重的历史文化，孕育出一方民间风情风俗。龙山与梁子湖遥相呼应，显露出山与水、人与自然，温情与毓秀的风韵。

　　显山显水显文脉，我们到龙山为情写文，为情写景，为情抒怀，叩响龙山历史的门扉，描绘龙山美景图，吟诵龙山一丝丝乡愁……

云蒸雾绕吴王寨

夏敬明

　　孟夏之日，小雨簌簌。一个悠闲的周末，和几位挚友相邀从鄂州城区驱车到太和镇谢埠村境内的吴王寨。吴王寨因地势险峻易守难攻，且气候宜人，山下又有一口名泉——金鸡泉，一年四季惠及五里四乡的黎民百姓，堪称"圣水仙泉"，所以是三国时期吴王孙权练兵、避暑和狩猎相中之地。

　　清光绪《武昌县志·山川》引述《宋史·地理志》曰："武昌，以武昌山为名，孙权所都。"说明孙权当年是将治所以南150多里处（今谢埠村）的武昌山名拿来作为王都名。武昌山"高百丈，周八十里"，是名山，孙权都鄂，易名武昌，取"以武而昌"之意。后来，为了区别地名和山名，将武昌山改名为吴王山。

　　吴王山还有"吴王寨"之名，山上曾有亭台楼阁等设施，相传，明末清初有五个绿林高手在山上立寨，称霸一方，故又称"五王寨"。原建在吴王寨顶处的两幢白衣庵，毁于20世纪50年代，现遗留有太祖丛瑞和尚墓碑和残垣断壁，如今只能让后人怀古思今。

　　吴王寨寨址地势平坦，呈椭圆形，面积约8000平方米，寨四周峭壁悬崖，形成天然屏障，时有云雾缭绕。寨南北两端各有一道关门，关门为天然巨石形成，曰"石门开"，只能容一人通行。北关门西侧石上刻有"山石立为门，武王寨独为"　"民溪匹题"等文字。吴王寨的南边与龙山巍峨对峙，中间相隔成500多米的大峡谷，风景美不胜收。

龙山有苗圃数百亩，果树遍地，鸟语花香，最有看点的是在龙山顶处的一口水塘，塘水四季清晰见底，鱼儿悠然自得。传说，这塘是孙权当年麾下的将士们在吴王寨向龙山方向射箭形成，所以后人称它"落箭塘"。

2005年初，民间自发在吴王寨山脚下复建了2幢武昌观，雕梁画栋，殿宇宏伟，四周翠竹环绕，林木葱郁，衬托着吴王寨的山川锦绣，让人流连忘返。

雨停了，环绕吴王寨的水渠边，成群白鹭嬉戏，让人不由想起宋代诗人王庭珪的："天忽作晴山卷幔，云犹含态石披衣。烟村南北黄鹂语，麦垅高低紫燕飞。"云蒸雾绕的吴王寨，宛若仙境让人沉醉。

又闻谢埠千张香

夏敬明

　　俗话说:过了"腊八"就是年。

　　2022年1月10日,也是腊月初八这一天。与太和镇当地几位笔友相邀,我们一行四人,从城区开车出发,近70分钟车程,再次来到了手工作坊的"谢埠千张"产地——谢埠街。

　　谢埠街历史悠久,地理位置独特,原来是供梁子湖及周边湖泊过往船只商贾们补给、饮酒、喝茶、住宿、购物的一个埠头。

　　据武昌县志记载,明朝中叶,"江西填湖广"时期,谢埠街人口逐渐增多。为了生存,先后到此的夏姓、张姓、谢姓等几户人家,发现谢埠到处是山泉,随即将先辈做千张、豆腐的手艺传承下来,后逐渐发扬光大。

　　谢埠千张选用优良黄豆,加上泉水浸泡,用祖传技法人工制作,浆汁如絮似雪花,所以做好的千张薄嫩鲜美。

　　谢埠千张远近闻名,名不虚传,胜过众多美味佳肴,经济又实惠,不失为馈赠亲朋好友的"礼节"佳品,也是鄂州市土特产系列一张不可多得的名片。

　　它可以"炒、煮、蒸、煨"等方法食用,也可以做凉菜、配菜。吃起来老少皆宜,是纯绿色健康食材。

在谢埠街夏冬明千张作坊，我们参观了整个谢埠千张的制作流程。老夏忙里偷闲，一边手脚麻利地做千张，一边滔滔不绝地介绍自己家做谢埠千张的手艺和生意。

夏冬明是夏氏谢埠千张第四代传人，虽然家中做千张历史不到百年，但他们一家，自从做千张手艺以来，能靠千张养家糊口，贴补家用。他告诉我们，近十年来，托政策的福，家中随着谢埠千张的作坊和生意越做越大，每年的收入逐渐增多，腰包也鼓起来了。

老夏他家除了在谢埠街有两个谢埠千张销售点，还在太和镇上有一个专门销售谢埠千张的固定摊位。夏冬明说，每逢过年过节时，谢埠街慕名而来买千张的外省、外市客人络绎不绝、车水马龙。因而，不管是自家作坊，还是千张销售点，他家都要请三四个村民帮忙做事。他说，虽然做千张非常辛苦，但能为他家带来不菲的收入，是非常值得的。

在夏冬明家中香气飘香的千张作坊，我们被好客的老夏一家人，挽留着吃了一餐全是用千张、豆腐等原汁原味的食材做成的一桌子"皮子"，吃得胜过山珍海味，心里美滋滋的，有一种流连忘返之感。

柳暗花明又一村

夏敬明

南宋诗人陆游在《游山西村》写道："莫笑农家腊酒浑，丰年留客足鸡豚。山重水复疑无路，柳暗花明又一村。箫鼓追随春社近，衣冠简朴古风存。从今若许闲乘月，拄杖无时夜叩门。"诗人将一幅春光明媚的乡村山水图，呈现在读者面前。

暮春时节，应朋友之邀，约上一群好友，在一个阳光璀璨的周末，从城区开车来到百里之外的太和镇。

本来只有80分钟左右的路程，但车窗外沿途一路的风景，让大家来了兴趣，九十里长港碧波荡漾，月季展开灿烂的笑脸，引出百花相迎，所以车速缓慢。到参观首站太和镇邱山村时，已近晌午。

好客的当地友人，早早地迎候在路旁，见到我们这些"半路出家"的城里人，来参观他们的家乡，似乎有一种孩童般的天真和热情。

我们走在蜿蜒平坦的柏油路上，欣赏着两旁一栋栋美观漂亮的农家小院，一路赞不绝口。湾中一口大水塘，栏杆雕龙画凤，水中两只游船，载着几位美少女，在和鱼儿一起尽情撒欢。不远处的山坡上，花香遍地，果树上百鸟嬉戏，仿佛进入世外桃源，让人如痴如醉。

原来的穷山恶水、僻壤山区，如今今非昔比，还原了原生态风貌，见证了脱贫攻坚、乡村振兴的大手笔。

在邱山村柯家山头湾游人如织，欢歌笑语，十几个来自武汉的客人，和孩子们一起"过"着当地村民用杉树做成的"独木桥"，滑稽可爱，让山村不再寂寞。

由于时间关系，意犹未尽的我们一行，离开邱山村，又来到山区胡进村。在一个标准的停车场，我们的小车，终于安排到了车位。村支书老胡说，每逢节假日和周末，来这里参观和旅游的客人多，停车位有时很紧张。

在基地大棚里，我们吃到了真正无公害的新鲜圣女果，由于口感好、水分足，仿佛吃上了令人长生不老的仙丹。

近在咫尺的山丘上成片的花卉园中，月季、杜鹃、紫薇、桃花、梨花、杏花、橘子花等等应有尽有，对前来参观的五里四乡的客人，展示着自己的妖媚多姿、美丽动人，微笑地拥抱着绿水青山。

在胡进村尽情地游山玩水后，我们快马加鞭来到了陈太村，车子刚上到景区四十八蹬，仙境般的美景映入眼帘。林中文化走廊、迷人秋千、高山流水、果林书亭、墨客书林等等，应有尽有，好有美不胜收之感，好一幅乡村文化美丽山村的画卷。

忽然间，从山村传来悦耳动听的音乐声，接着看到了一队迎接新人的豪华车队，自信的新郎和仙女般的新娘，见到路旁驻足观看的我们，从车上撒下见证他们百年好合永结同心的喜糖。

在景区凉亭坐着喝茶的几个本地村民告诉我们，前些年他们这里由于贫穷，加上交通闭塞、山高路远，被山下人戏称"夹皮沟"，村里的年青人有好多当光棍的，山里凤毛麟角的姑娘们，又不愿嫁到本地。

如今，山村发生了翻天覆地的变化，托国家惠农政策的福，村民致富了，有钱了，村庄变美了，所以山外的美女像春燕一样，飞到了我们山村。村民老陈还自豪地说，他儿子在新加坡工作，儿媳妇还是"洋婆子"。

在陈太村山脚下展示馆，有幸看了太和镇制作的乡村振兴蓝图录像，片中用详实事例，介绍了这几年来太和镇政府加大对山村的投入，使过去这些鸟不拉屎的地方，变成了现在城里人向往的香饽饽。我们一边看纪录片，一边喝着本地村民自制的新茶，悠闲地享受着这顿来之不易的"文化大餐"，大家更是纷纷点赞，百分之百认可不虚此行。

午饭的餐桌上，吃着太和的谢埠千张，莲花黄糍粑打的糍粑，山边自然生长的无公害野菜，胜过美味佳肴。

酒过三巡，菜过五味。我似醉非醉地想起了唐代诗人白居易的诗《春风》："春风先发苑中梅，樱杏桃梨次第开。荠花榆荚深村里，亦道春风为我来。"便将此诗作为我们这次回味无穷的太和山村之行的感受吧。

山村铺了柏油路

夏敬明

前些年，如果发现附近哪个乡镇街道铺了一条柏油路面，那可是一件让人羡慕不已的事情，甚至三乡五里的村民有的还要乘车专程到那里"欣赏"和体验一番。

我的家乡太和，如今一天一个变化，尤其是山区公路发生了巨变。

原来人们走的是羊肠小道，且山道弯弯，如遇天晴尘土飞扬，要是下雨则泥浆四溅。

记得有一年一个下雪天，我的一位远房亲戚从家中挑一担大米到太和街上去卖，由于路滑难走，九里地的路程，一百斤大米一路泼撒了二十余斤。

如果山区的村民要乘拖拉机或麻木车到集市一趟，更是危机四伏，崎岖不平的山路让人颠簸难受不说，还经常发生交通事故。

我爱我的家乡，因为人们最难舍的是故乡情怀。

月初，我的几位笔友从太和采风回城，我用王维《杂诗》："君自故乡来，应知故乡事。来日绮窗前，寒梅著花未"来调侃他们，他们也大加赞赏家乡山区新铺的又宽又好的柏油路。

上周五，我携子孙回家乡过中秋节，吃过双亲亲手做的家乡菜——谢埠千张和太和苔粉肉，酒足饭饱后，邀几位儿时的伙伴，开车先后"参观"了太和镇吴伯浩、胡进、新屋、陈太、上洪等山区新铺的柏油公路。每到一处似乎人入仙境,柏油路宽敞漂亮,公路两边山势俊俏,鸟语花香。

在陈太村,我们在新铺的柏油路旁,偶遇几位义务护路扫路的村民,与他们谈心时,发现他们个个脸上绽放着笑容,如孩童般开怀。

其中一位年近七十的村民老陈跟我们讲述了一个真实故事。

他说去年六月份正逢下雨天,他的一个叔伯侄孙在外地城市打工,带女朋友回村。当女孩子艰难地行走过满是泥泞的山路,来到小伙子家中后,后悔了。虽然当时湾子里有好多长辈前来劝说,但她对山区破烂不堪的道路十分反感,第二天就跟他侄孙子分道扬镳。

说来也巧,正当我们开车准备离开陈太村时,不远处忽然传来了两拨乐队吹拉弹奏声。老陈高兴地告诉我们,这是村里两个小伙迎亲的婚车车队,新娘都是外省人。老陈还笑着说:国家为我们山区修了这么好的柏油路,以后我们的后生再不会为山路不好走,结不到媳妇发愁了。

小车开到胡进村,发现好多村民正在村文化宫下棋、打扑克牌;得知我们是来参观他们村新修的柏油路时,他们以山区村民特有的憨厚和热情,盛情邀请我们到他们家中做客。

现场一位八十多岁的老太婆见我们一行人谈吐不凡,含着泪水来到我们的面前,用她那颤抖的声音感恩地说:共产党真好!跟我们山里人做这么好的柏油路,这是我做梦都想不到的。

在上洪村,我们发现路边停了几辆外地牌照的小车,上前一打听,才知道是附近大冶、咸宁等地的农村基层干部专程来太和镇上洪村取经村级公路建设的。

我们的"专车"边走边停，在平坦、宽敞、漂亮的柏油路上一路撒欢。

虽然天色已晚，但我们毫无疲惫之感，在天空多彩晚霞的衬托下，车内车外时常能听到开心、愉悦的笑声。

富强了，我可爱的祖国，美丽了，我可爱的家乡。

苏轼与龙山

牛石人

　　"大江东去，浪淘尽，千古风流人物……"在鄂城师范读书时，青春年少的我每临江眺望对岸的黄州赤壁，就情不自禁地吟诵起苏轼的《念奴娇·赤壁怀古》。苏轼是北宋文豪，"唐宋八大家"之一。其诗、词、赋、散文，均成就极高，且善书法和绘画，是中国文学艺术史上罕见的全才。可当时在我的心目中，苏轼是一位只活在他的诗词里的历史人物。

　　2014年，鄂州市吴都文化研究所开展太和地域文化研究。冬至前夕，我与该所十余名研究员一起，前往家乡太和镇的龙山考察，向导是黄天明先生。黄天明先生，龙山脚下的莲花黄村人，是一位退休国企干部。他对龙山一草一木、一石一泉了如指掌，解说起来如数家珍。从鲤鱼跳龙门到老虎跳涧，从龙山天池到龙山瀑布，从栖凤池到青龙潭，从"苏轼草堂"到"二贤亭"，一路风景一路传奇。

　　龙山大大小小风景点百余个，真是一步一景，宛如陶渊明的世外桃源。但最让我惊喜的是，苏轼这位神一般的大文豪，仿佛是家乡的一位老人，一直存在于家乡的山野中，一直就"活"在我们的身边。

　　我们顺着蜿蜒铺延的山道一路行进，在龙山长兴寺附近的一处土丘上，寻见了"苏轼草堂"的遗址。面对眼前有些破旧的三间土屋茅舍，抬头仰望，那悠闲的白云仿佛草堂的主人在山水间巡游；侧耳聆听，清风分明在附和着诗人的吟唱。黄天明先生说，苏轼因"乌台诗案"被贬黄州后，到鄂州寻访问道参禅，见太和龙山秀美清幽，适于吟诗习字，便决定在龙山长兴寺旁建舍隐居静修。在离草堂不远的山坡上，还有苏轼当年的洗墨池。只见池水墨绿，与附近的山泉迥异。

接下来，根据黄天明先生的指引，我们在一棵高大的龙山松下，寻到了"二贤亭"。据说，苏轼隐居龙山期间，一次黄庭坚曾寻迹来访，二人相聚于这棵高大的龙山松下对弈品茗，忽然树上一粒松子落入棋盘，苏轼便随口吟出上联："松下围棋松子每随棋子落。"黄庭坚一时无以应对。当他抬头思索时，只见山下不远处的一池塘边，一老翁正依柳垂钓。此景顿时激发了黄庭坚的灵感，于是他脱口对出下联："柳边垂钓柳丝常伴钓丝悬。"这一故事后被传为佳话，家乡人民为纪念两位大师，便在这棵龙山松旁修建了"二贤亭"。

"谁道人生无再少？门前流水尚能西！"站在龙山之巅，放眼奔流向西的神龙溪，我真切体味到了苏轼般的豪迈。苏轼的一生始终是乐观的一生，积极进取的一生。身陷逆境，既保持超然物外、随遇而安的达观情怀，又从不放弃对人生的热爱、对美好事物的追求。他永远是我们学习的人格典范！

龙山如画醉心扉

陈运东

周末，组织鄂州市吴都文化研究所研究员到龙山采风。天遂人愿，白云悠悠，阳光正好。心随车在新开通的"鄂咸"高速路上飞驰。窗外，秋天好像有意把最美的景色，奉送给我们这帮子朋友似的，在空旷的原野，不经意间，一幅幅动画便闯入眼帘：田野铺金，长水串珠，远山着黛。

大约一个小时的车程，就到达了梁子湖区太和镇莲花黄村的龙山。顺着公路边高耸的"龙山"门楼望过去，不远处，一条"青龙"与公路平行而卧，雾气腾腾，宁静而又神秘。

龙山，坐落在鄂州市南六十公里，是一座历史名山，与幕阜山脉相连，它南依大冶市，北望梁子湖；长年云雾缭绕，若隐若现，宛如仙境，且镶嵌在"金盆养鲤"的盆地上，远眺就像一条巨龙盘踞其间，因此而得名。

沿着铺好的水泥路上山，道路虽曲折，但很平缓，非常适合漫步观景。当地村领导为我们当向导，来到第一个小山头"碧池"，忽然见到这口明净见底、映照着蓝天山色的水池，不免让人怦然心动，它，宛如一面镜子，映照着秋光，如诗如画；更像一条龙的眼睛，一眨一眨的，增添了这片山的生机和灵性。

碧池的水，发源于稍高处的"滴水井"，流经"金龟池"后聚集而成。据说这泉水富含各种矿物质，常饮可去百病，健康长寿。开山祖师禅炼法师就是长喝这里的山泉，活到105岁才圆寂的。不管是真是假，如果长期聆听这泉水的叮咚，让身心沉浸在这大自然美妙的旋律中，岂会不心情舒畅、健康长寿呢！

在这方风水宝地上，今人因地制宜，建起了两座庙宇"关公殿"和"玉皇殿"，不得不让人感叹这种神来之笔。两座庙宇，多么像龙头，回首张望，嬉戏着门前的池水。

这两座庙宇的建设，有当地村民慷慨解囊之功，也有夏荷先生组织之功。他是龙山风景区开发的法人，50多岁，身材不高，脸面黝黑，一个地地道道的农民。但他为人精明，敢闯敢干，特别对文化事业更是永志不辍。我与他早就相识，前几年，他组织一个京剧班子，四处巡演，常到单位找我，要我给演出活动提供方便。后来，京剧表演市场萎缩，他便回到村里，和几名当地人合伙干起了开发龙山的"大业"。

在关公殿门前不太显眼的地方，放置了一口小水缸，里面种植了一株"碗莲"，也许多数人对它并不在意，一走而过；然而，它却引起了我的关注。虽然主人只给了它一桶水，一提土，但它却顽强地将身躯伸向缸外，广接高天之霞光，泛纳云雾之闲气，活出了自己随遇而安的倔强。这株"碗莲"，也许是"莲花黄村"寓意的巧妙诠释，也许是夏荷开发龙山信念的自然表达！

人随山转，沿途都是山峦叠嶂、曲径通幽。一片"竹海"，猛然进入视线。棵棵纤瘦而挺拔，常青而不折，它们是真真切切的"君子"。平日里，只能从名家的画作中、诗人的歌咏里看到它们的身影，今天，却在这大自然中感悟了它们"瘦饮地下泉，壮气可捅天"的坚强与大气！眼前的竹林，夏斗酷暑，冬傲冰雪，它们何尝不是风骨文人的化身？于是不由自主地伸手摸了一回"岁寒三友"中的君子，以表示由衷的钦佩。

山不在高，有仙则名。别看龙山海拔不高，只有236米，但它所拥有的奇峰异石、山涧绝壁、古井溪流、松林花卉等自然风光，会让人如痴如醉，流连忘返，人文景观更是名誉江南。

长兴寺，见证了这里佛教文化历史的兴盛和悠久。五代后唐明宗长兴四年（933），明宗宰相削发为僧，隐居在莲花山下结庐为寺，至今已有一千多年的历史。2009年重修后的长兴寺，飞檐拱斗、古色古香，佛香缭绕。

相传，北宋时期大文豪苏轼被贬黄州后，曾循迹来到这里静修，并留下许多传说，至今，"石屋茅庐"遗迹尚存。另据当地人说，大文学家、书法家黄庭坚的后裔，明代由江西迁徙到龙山脚下的莲花庄，建有黄氏祖祠"双井堂"，世代繁衍于此，尚存客家文化风格。

会当凌绝顶，一览风光妙。登上龙山山顶，放眼远眺，隐隐约约的梁子湖，烟波浩渺。突然想到：这龙山和梁子湖是不是许了千年的愿，才如此相伴相守？梁子湖含一脉情深，诉一曲曲乡愁；龙山，献一片赤诚，说一段段知音。这山，这水，结下了怎样荡气回肠的情缘！

掩映在绿林的村落，星罗棋布，承山之灵、水之秀，在这依山傍水的"金盆养鲤"，自由、宁静、舒缓地繁衍。人们的心境，一定会明净而旷达。

愿座谈会中，研究员与开发方共绘的蓝图，早日落地，让我们再醉在4A级风景区的画卷中。

龙山印象

凡夫

辛丑年霜降日，应鄂州市莲隆生态农业旅游有限公司热情相邀，在秋阳的陪伴下，随研究所一行来到了位于太和的龙山风景区。对于此地，我十分的陌生，只是听所里江君说起过，他为研究鄂文化，来这里N回了。此番前来，我一颗好奇之心，犹如少年时读《西游记》、老年时看南派三叔系列。

一、山中竹

蜿蜒逶迤的山路，将我们渐渐引向山的深处。沿途的美景，如同仁所言，与城里秀美的西山不相上下。途中，一株长在一独立岩石后的松树，引起了大家的兴趣。松树虽然不大，但造型还行，气质也不错，颇具黄山松风貌。同行的王老夫子高兴得犹如发现了"新大陆"，自豪地将其命名为"龙山迎客松"。众人跟着一阵"哦伙"，乘兴将命名"版权"授予了他。

平缓的山道，到目的地不长的距离，对于我们上了年纪的人来说，十分的合适。这山要是生在城区，该有多少人受益。谈笑间，我们不知不觉到了目的地——长兴寺。然而，让人惊讶的是，满山碗口粗的楠竹，簇拥在寺庙的前前后后，极为壮观。如此阔大密实的竹林堪称竹海，我还想不起来在本区域哪里见有。斜阳透过山峰的松木照射在竹林上，与未被阳光照着的竹子，形成层次分明、色彩丰富的画面，真个是老树转斜晖，长兴楠竹围。如此美妙的秋意图，让大家陶醉其中。边走边看边拍照中，我发现有两根长在一个根系上的竹子，很明显的是，其中一根已经发黄，虽未倒伏但显然已经枯死。我十分的奇怪，同一个根系，怎么就两样的结果呢？看来，还得向我们的老乡戴老先生凯之讨教了，其所著中国第一竹子专著《竹谱》中一定有答案。

优哉游哉中，不知不觉地落在了众人后面。一阵山风拂来，竹林则轻摇竹梢给予回应。片片落叶轻盈地舞动后，又悄然落下，为林中又铺下一片金黄。忽然觉得，港星发哥主演的《藏龙卧虎》中，那场在竹海上经典打斗的场景，其竹林也莫过如此吧。

长兴寺建在这里，真不愧是高僧的眼光。我以为，这里就是龙山的精华所在。

二、山中水

在藏在山间的莲隆公司，我们品茗了"梁湖碧玉"。对我这个常喝白开水的"茶盲"来说，梁湖碧玉与西湖龙井没有什么区别，都一样的外观，一样美妙清香。我感兴趣的是，这泡茶的水是自来水吗？好像自来水没有通到这里。欲问主人，又怕笑我这也不知，只得将疑惑搁在心间。当我们向山上进发途中，见路边有白色的管道露出，我想，这是电线吧。不一会儿，路边一个方形贮水池出现在我们眼前，水池上镌刻有"青龙泉"三个大字。在贮水池后上方，有一个约1立方米的石坑，坑里满是清亮明澈的泉水，从里面伸出一排白色的管子。主人热情地介绍：我们吃的就是这个水。原来如此，怪不得刚才的茶是那么的好呷。

在长兴下寺前的山坡上面，有一片裸露的岩石，在岩石中间，有一约2平方米的石凹中贮存有一汪清水，让人称奇。这里离龙山主峰还远且相对"独立"，怎么能够存得住水呢？真是龙离不开水啊。只能说，高大的林木、茂密的植被，才使得山清水秀的龙山滋润着这里的一切。想想那粉白圆润太和糍粑，还有那薄如蝉翼的谢埠千张，顿时满嘴生津、口中流涎，恨不得立时仿效东坡先生将主人馈赠我们的佳肴，来它个"日啖荔枝三百颗"，大快朵颐一番。

至于"寺北石上有穴，相传为仙人拄杖处。"这是《武昌县志》中，有关长兴寺北石上的记载，不知是不是指的此处，不过这已经不重要了。

三、山中寺

长兴寺很有一把年纪了。清光绪《武昌县志·祠庙》记载："长兴寺在县南一百二十里灵二里莲花山，宋咸平时建。"宋咸平年间（998—1003）距今已有千余年，比彭祖年龄还要多出几百岁。

现在的庙宇自然是后来重建的，但庙里旺盛的香火告诉我们，庙里的主持和虔诚的信众，已经将长兴寺创始人高僧长兴长老的衣钵继承下来且光大发扬，重建的庙宇竟然是原来的十倍，正如莲隆公司简介中所说，长兴寺"游客信众络绎不绝、香火延年"。巧的是，我们来的这天正好是观音菩萨的生日，怪不得庙里磬声阵阵、香火缭绕，有那么多的尼姑和女信众聚集在观音菩萨的莲花座下。

县志中记载的"灵二里"，是清代武昌县即今鄂州乡镇以下"行政机构"的名称划分，以距离而称呼，这是一个既科学又简单且好记的叫法，从名称上一看，就知道彼此距离的远近。灵二里，也就是现在的龙山风景区一带。有意思的是，史籍记载，不仅在灵二里有寺庙，历史上在灵一里、灵三里，乃至灵四里、灵五里、灵六里一带，都曾都建有不少的寺庙，如唐代建有的法华寺（灵二里）、宋代建的崇福寺（灵溪乡）、明代建的黄龙庙（灵三里）、清乾隆时建的莲花庵、咸丰时建的南谷寺（灵三里）以及灵宝寺（灵一里）等。看来，本域自晋代慧远大师在西山兴建灵泉寺，使鄂州成为佛教重要的传播基地后，鄂州从此庙宇遍地、佛事兴旺，一朝胜过一朝。慧远在鄂州所开"净土宗"，于佛家来说，实乃功垂华夏、名扬千古。

丹崖秀谷有洞天

王长喜

　　龙的居所，无外乎需要渊、泉、潭、池、洞、井、溪、涧。龙山神龙溪，如今已辟为龙山水库。而青龙泉、蝴蝶泉、青龙潭、天池、龙池、栖凤池，有的集于一处，有的在龙的行道上一线穿珠。是幽绝处，又是鱼虫和兽类的聚集之处。

　　我虽然在此多次游览，至今却很难解释龙山之龙是如何飞入我的心空的。它时而黄，时而青，能幽能明，能细能巨，能短能长，能登天，亦能潜潭。我感觉有一阵狂野的风，自腾龙洞呼啸而出，飞沙卷石，令天地冥晦，暴雨随作。等到天明，艳阳高照，这股风仍能扑面而来。想到这里，我情不自禁地仔细端详那腾龙洞。青龙潭右上方有一天然石穴，高数丈，洞中有洞，深不见底。山居之文友黄天明，说他小时喜与众多少年入内游玩，大人见了，便喊道：洞中有猛兽出没，赶快出来。长大后才明白，是大人唯恐他们跌入无底深渊。传说这深渊即是龙宫，是龙王六太子的居所。龙宫在海，不足为奇，说在山中，不能不说是异闻。屈原《九歌河伯》中有"鱼鳞屋兮龙堂，紫贝阙兮珠宫"的描述，本说在水中。当是因犯戒客居古灵乡莲花山才委屈地潜入山渊。但他也得造殿，工匠缺乏时，便有不少当地匠人夜梦请入此洞，而且是多年同此一梦。洞中有明珠照明，竣工时才见水帘中宫阙焕彩。黄天明小时在幽洞中并没见明珠，而我们今天伫立于龙山瀑布边，见瀑布从天而降，水花飞溅，滴滴皆是龙之明珠，可见所言不虚。山中有如此幽穴，吴王来过没有？史籍中无记载。传说中也只是说龙山顶有一口落箭塘，是一代天子吴王的太子孙登领兵练箭而成。射程不远的，落在虎山（即武昌山）与龙山之间的山谷里，形成虎山落箭塘。唯有拉得动强弓，具有无比神力的精兵强将，才可以射到对面的龙山。箭雨所至之处，箭头入地三尺。每见泥土飞扬，愈射愈成深坑，陷成一塘。山头有如此精妙的传说，山中也有龙的形迹，对世人来说，当然足够得很。所以自晋代起，龙山便蜚声四海。陶潜为写《续搜神记》而来，记下了神奇的传说。同时代的史筌在《武昌记》中也证实："武昌有龙山，欲阴雨，上有声，如吹角。"时光在神龙溪，涓涓飞逝，转眼几百年后，宋代苏轼慕名而来，盖成土屋茅舍三间，参禅于长兴寺，吊古于落箭塘，探幽于青龙潭。黄庭坚亦接踵而至，对弈品茶，在"银河倒挂关山口"处的龙潭，续写"妙笔生花"的佳话。至今，山中仍有"东坡洗墨池""东坡草堂""二贤亭"。

"龙王犯戒居山中"之说虽见于古籍，而黄氏谱载中，只有黄庭坚的二十六世孙黄子建率众开凿"双龙井"，却未将"龙王六太子犯戒"的史实记载在族谱中。1567年，一场大水，令梁子湖畔舟行于屋脊或树梢。当官府查访时，"老壮诉于舟，童子跪于水，妇女拜于岸，号哭之声震动山谷，湖波皆沸。"龙王此前是否犯戒已然详查，这大概是最晚，也是离我们最近的一次。自从1607年双龙井掘成后，黄龙、青龙悉被豢养，因而得以息波安澜。而养龙的黄氏后人竟然不知情，其善当更大。君不见，双龙井周围的狗婆树、大叶柳，以及神龙溪边的古柳，无一不是树枝形如苍龙，状如龙爪。连山上的石林，也似有龙影掠动。高崖深谷中的松树，也极像落鳞的苍龙。这都是黄龙、青龙被豢养在这里的奇妙效应。

糍粑岗的糍粑

邓庆稳

从太和镇去大冶市金牛镇的路段，有个莲花黄村。该村有个小湾——糍粑岗（现在叫铺儿）。铺儿距太和镇近一公里，这湾的糍粑很有名气。20世纪50年代，我路过糍粑岗再没见过糍粑岗卖糍粑了，让人感到少了点什么。

那糍粑岗的糍粑有特别味道。糍粑是糯米做的，用棉布缝的袋子包着，放在大小木桶里保温，出售时，再加工成鸡蛋大，滚粘上炒过的黄豆、芝麻和白糖等合碾成的粉末。装在盘子里，端给顾客，还没吃，就闻到糍粑的香味，吃起来热乎乎的、软绵绵，又香又甜。

糍粑岗湾的黄治发老人今年87岁了，他1919年生，十几岁就跟大人一同做糍粑卖。远近很多人到店里吃他家卖的糍粑。那时，糍粑岗有三家糍粑店，每天一家要做一二十斤米。金牛等地去保安的人，保安等地的人到金牛，路过这里都要吃糍粑。抗日战争胜利前，那些国民党当官的和日本鬼子也到糍粑岗吃糍粑。

人民公社吃"大食堂"时，湾里却不做糍粑卖了。1960年，黄治发因公伤，腿被拖拉机压断，不能参加劳动，公社批准他一家做糍粑卖。黄治发走路不方便，儿媳帮着做，做了十几年，儿媳在老人去世后继承了祖传，现已注册商标，着手申遗，生意红火。

春行龙山

范先机

龙山，位于梁子湖区太和镇谢埠村，是幕阜山馈赠梁子湖区的一份丰厚礼物。龙山葱翠巍峨，与烟波浩渺的梁子湖共绘湖光山色绝美画卷。

壬寅年惊蛰节，几位文友相邀去游览龙山。清晨，春阳分外和煦。汽车在鄂咸高速飞快地奔驰。远处的景色，如犹抱琵琶半遮面的羞涩少女，蕴含着朦胧之美。坡披绿装，若有若无。柳含黄烟，亦真亦幻。

从鄂州城区出发，不到1个小时就到了谢埠村。挺立在314省道旁的龙山牌楼，雕梁画栋，宏伟艳丽，"气壮山河"四字摄人心魄，如火苗点燃游人游览龙山的欲望。坐在车里，不顾爬坡的颠簸，头伸出车窗外眺望，只见龙山如钱塘江潮水一样，绿浪滔天。还未到达，心灵就被龙山磅礴的气势震撼着。

走进龙山，似乎走进一个别样的春天。尽管是早春时节，春寒料峭，但这里的春意盎然得让人目瞪口呆。暖风裹挟梁子湖水的温润，把人吹得半醉半醒。泉水清澈透亮，一路叮叮咚咚，浅吟低唱，让人听得神魂颠倒。整座山如同一个"大舞台"，草木虫鸟个个虎虎生威，拿出绝活争春、抢春，演奏春的恢宏乐章。竹子是舞台的主角，根根竹子如健壮的小伙，踮起脚尖，将身子悬在半空中，挥动枝叶，招引阳光的照射。樟树、桂花树穿着绿色的盛装，如雍容华贵的妇人，阳光下珠光闪烁。山茶花，朵朵绽开，如豆蔻少女的笑脸，妩媚动人。尚未开花的桃树也不甘心落后，缀满枝头的花苞，犹如赛道上只等指令的运动员，威风凛凛、蓄势待发。"仓庚鸣"是惊蛰节"三侯"之一。蜷缩一个寒冬的黄鹂，终于扯起嗓子，放声高歌。天籁之音，引来百鸟附和。草丛中的蛐蛐也卖弄清脆的喉咙，唱着神曲，加入山林大合唱。"穿花蛱蝶深深见"，蜜蜂，蝴蝶如忙碌的快递小哥，不停赏花、传粉，每朵花都不容错过。

"春，蠢也，动而后生也"，龙山用特有的语言阐释春的含义。直抵龙山心房，触摸欢快节律，周边似乎有武林高手发功赋能，一股力量在我全身涌动。

龙山早已深藏在我的记忆深处，是我人生中的"贵人"，帮我指引人生航向。今天走进她，又一次拨动这份感激之情。我的家乡位于龙山西边涂家垴镇，距龙山6公里。中间相隔湖滨平原。孩童时期，骑在牛背上，就能看到龙山。晴朗天气，天空湛蓝如洗，龙山耸立在白云间，画面蔚为壮观。看到这绝美山水画，我都缠着哥姐问这山在哪里，离家乡多远。尽管还不知道龙山的芳名，但龙山壮美的景色，峻拔的神韵在我幼小的心灵中烙下深深的印痕，启迪我：祖国山河美丽如画，外面的世界很精彩。从小，我就立志离开方寸不盈半米的牛背，走出封闭的小山村，去领略外面世界的斑斓。

也许是前世与龙山结下的缘分，20世纪80年代，我有幸到龙山脚下求学。虽然至今遗憾，当时没有去爬龙山，但很庆幸龙山陪我一起度过那段艰辛的求学时光。从龙山渗出的泉水，汇聚成小河，从学校侧边潺潺流过。课后，与同学一起，打着赤脚在河水上游玩，把枯燥的岁月装点得有声有色、有滋有味。最为感激的是，每当学习遇到困难、挫折，意志消沉时，看到沉稳挺拔，坚韧如磐的龙山，仿佛受到了她的鼓舞，于是我就立即放下包袱，鼓足干劲，砥砺前行。

山脚隆隆的机器声，把我的思绪又拉回到眼前。"到了惊蛰节，锄头不停歇。"惊蛰节未到，龙山就处处是热火朝天的场面。山脚荒坡，人车不停拉树苗，挖树坑，植树浇水，夏荷、夏江林几位乡贤忙碌着，他们个个虽然年逾花甲，但他们壮心不已，为开发龙山，把龙山打造成集游、居、休闲于一体4A级生态旅游景区宵衣旰食，四处奔波。他们脚沾泥土，身带灰尘，跑项目，争资金，擘画龙山发展蓝图。

站立在龙山山顶，举目环望，一幅幅生机勃勃的春画直撞心扉。这次龙山春行，让我更加坚定，人生只有锚定奋斗目标，踔厉奋发，勇毅前行，才能持续演绎精彩。

腾飞吧，龙山！

行在龙山

田丰

冬日的一片远山，村庄偎依在山的脚下，慵懒而安详。

穿村而过的小河，被富裕起来的村民精心装饰了雕花的石栏。小河因村庄地形的错落有致而形成良好的循环，落差造就了一个小小的瀑布，瀑布下落到一个碧绿的小石潭里，这里正是莲花黄村的中心。祖先迁居于此地，几百年耕读绵延的故事，和崇文自强的童年就在这个小石潭，清脆碧绿的水潭里写下了欢畅和人物的成长，村民依然保留着淳朴和儒风。湘西的芙蓉镇，说是一个坐在瀑布上的城市。而这个莲花黄村，却也享有这样得天独厚的环境，这眼潭和瀑布给村庄带来了灵气，潭水依村向南缓缓而流。

一棵古朴粗大的枫杨树，枝如龙爪，舒展开它遒劲的枝丫，向上伸展在蓝色的天空，龙爪伸进了历史里。村民们读懂了古树的气质，自发地保护着这棵古木，为它清理了旁边依伴它的古井，让古井继续发挥它的作用和功绩，为龙爪树修筑了起保护作用的驳岸。据说这棵枫杨已经生长了400年了，莲花黄的村民自明代由江西迁来此地，依山而立，兴建家园，伴水而居，这棵当年栽下的枫杨树如今也成为这个小村的标志，它是家族兴旺的象征。村庄几经历史战火的洗礼，无论是太平天国，还是抗日战争时期，村庄仍保留着它当初的分布格局。哪怕是村头的一个石头古桥，也没有因为村庄的建设与发展拆除，而是在它的身旁并列修建了新桥，供村民现在的出行，也许是口口相传的历史告诫，历史的痕迹保留了下来。一口大的烟火池塘就在村里，池塘旁边是在旧址上复建的黄家祠堂，祠堂作为家庙，保留着村庄作为黄庭坚后裔的历史痕迹。

村庄里有几处明清院落，已经严重破败了，似乎无力修缮。长条石、石鼓石墩，青砖黛瓦，还有残垣上留下片段的徽式彩绘，崇尚龙文化，墙面龙画依稀可见，透露着古宅昔日的辉煌。院落格局为九重连居，正堂，厢房，厨房，每家相连，户户相通，鸡犬相闻，和谐相处，雨天各户串门而不湿鞋袜。泥墙根一带，横躺着几根雕花的木梁，还能依稀辨出屋主人的盛世昔日，一位民间的工匠不落俗套的艺术手笔，显示宅子主人厚重的文化修养。古宅属于典型的明代客家文化建筑，其中一间因缺乏修葺的古宅主人名叫黄天明，一位热爱文化的乡儒，他在城市里工作大半生后，退休归故园居，如今重拾童心，恰如陶渊明先生一样，种菜诗酒花，幽然见龙山。他热爱故园的一草一木，他的村庄后面是零星的菜地，今天就是他作向导，给我们介绍莲花黄村的历史风貌，往后走就是汇聚灵气的龙山。

龙山的传说与龙有关，中华龙的故事妇孺皆知，人们赋予龙的吉祥和强大之意。老武昌的龙山故事虽说落俗套了些，但观其山体的起伏与分布方位，却是一风水宝地。在宋代的《太平御览》和光绪版的《武昌县志》中均有如今鄂州市龙山的记载。

龙山集洞、潭、奇石、古井、溪泉瀑布、寺院等自然景观和人文景观于一体，气候宜人，是一处清幽之地。这里留有苏轼的许多传说，大约苏轼当年也来过此地。陶渊明当年留下"曲水流觞九十旋，丹崖秀谷有洞天，银河倒挂关山口，妙笔生花在龙潭。"

　　翻看这些诗文和历史记载时，心中常常升起疑问，这些疑问在跟随黄天明先生一起徜徉在山间后一一解开，看这区区海拔236米的小山，它有非比平常之处，想历史上的龙山一定是古木参天得天独厚，尤其它有足够的魅力，让这些历史大儒为它而停留驻足留下诗篇，不吝笔墨而讴歌或者隐居此地。黄天明先生以细腻与独特眼光，为我们解说龙山的奇石溪洞一草一木。山如卧佛，建在北宋咸平年间的长兴寺曾经香火繁盛，历史上被毁后，近年被乡贤复建完工，让龙山的文化重新有了生机。

　　终于来到了传说中的龙吟洞，这是在崖上的一个不太明显的洞穴，洞穴入口呈裂缝状。儿时的黄天明在放牛砍柴之际，曾经以少年矫健的身手，攀援亲临到洞口，探头向洞中张望，期望能发现传说中的龙或者是大蟒，传说终究没有变成奇迹，故事的传播却更加迷人。难能可贵的是在离龙吟洞不远的崖壁旁，一条瀑布飞身而下，玉脆珠溅，泉水叮咚，这就是当年陶渊明在此观瀑作诗的地方。

　　作为北宋黄庭坚的第38代孙，黄天明先生对传统文化的热爱，爱国爱家园的拳拳之心，在他为龙山山门题写的"龙山"二字中，可以完整体现，字体刚劲有力，如龙破壁。以心作书，薪火相传对文化的守望，这些都是我们边行边读龙山的历史文化中，应该去沉淀去努力弘扬的东西。

龙山行

金瑞武

阳春三月，烟花如海，风月无边。

应友人邀约，有幸初登龙山，徒步穿行，徜徉其间，曲径通幽，禅房静深，满目苍翠。微风拂动，竹海茫茫，松涛阵阵，溪水潺潺。

友人饱读经典，移步换景，谈古论今，滔滔不绝，闻者心若菩提，如醉如痴。不知不觉沉于历史烟云之中，满眼的楚韵吴风，遍地的内外八景。

战国时期，屈原行吟至此，发出"乘鄂渚而反顾兮,欸秋冬之绪风。"之感慨，原是叹息自己老迈被流放江南，饱经沧桑，孤立无援。登上鄂渚（鄂州梁子湖）回望，屈原的江中扁舟在急流漩涡中艰难前进，他似乎看到自己那困顿徘徊的样子。他接着还要乘船往西南方向到鄂王城去。当时，鄂王城仍为楚国的别都，是楚国早期的一座都城。他要去会见鄂君，将自己满腹的冤屈和愁肠倾诉给先王熊红听。最终汨罗江沉下了一个不屈的灵魂，流淌着浓浓报国情怀。

屈原的冤屈和愁肠留下一段悲情的故事，同时诞生了一座不朽的武昌山。好在历史的车轮滚滚向前，500年后的三国，一座以武而昌的帝王都城拔地而起，一个威震四海的吴王大帝在此挥斥方遒，指点江山。现如今，1800年的历史弹指一挥间，其留存的遗迹和文化依旧熠熠生辉。当年的吴王练兵场、点将台依然流传着刀光剑影、生龙活虎的故事；吴王山依旧云缠雾绕、峰秀谷幽；山麓之处武昌观，玄形就势而建，香客不断；金鸡泉水叮咚悦耳，令人心旷神怡。

听说清朝嘉庆年间，曾有五个武林高手在此立寨，故称五王寨。我驻足凝视眼前曾经的五王寨，想象那群武林高手是如何在这里桃园结义，施展拳脚，翻江倒海，成就一番业绩，被后人仰视，并虔诚地尊称为五王寨。

梁子湖地区素来是忠义之地，多少英雄豪杰在此旌旗猎猎，奋楫扬帆，或者策马扬鞭，铸心笃行。龙山更是聚气之山，多少仁人志士在此舞文弄墨，潜心修行，或者练剑习武，把酒言欢。

我们在半山腰的莲隆公司小楼休憩，迎面见有一条"鄂州市吴都文化研究所赞歌乡村振兴龙山行"的巨幅标语，听闻龙山在规划并筹建国家4A级风景名胜区。看来龙山人早有谋划，我的心为之一振，思绪一下子从屈原的悲情中走出来，想到了谋略一世的吴王孙权，想到了武林高手云集的五王寨。坐在我们面前的这群龙山创业者，朴实无华、踌躇满志，虽不是武林高手，但我认为他们就是当代的五王。他们在新时代乡村振兴的热潮中，筚路蓝缕，栉风沐雨，砥砺前行，挖掘龙山历史文化，接续经典文脉，倾心打造一座崭新的龙山，赤子之心报乡之情可敬可鉴。

目前，鄂州正全力推动文化与旅游融合发展，打造三国风、乡愁地、乡村季等旅游板块，做大乡行、乡味、乡音、乡居等"乡愁四韵"旅游品牌，龙山正是"好风凭借力，送我上青云。"

下山之际，我们流连忘返，不时回首，龙山恰如神龙盘踞，蓄力待发，大有一飞冲天之势。相信到那时，眼前的龙山就不是一个五王寨，而是成片的五王寨连接起来的一块历史文化旅游胜地，一座盛世园林。

从以武而昌到以文兴山，龙山的变迁是历史的必然，更是时代的进步。

初识龙山

柯　春

　　就像笼子里关久了的鸟儿一样渴望着外面的自由，渴望在广阔的蓝天白云下肆意飞翔，白天黑夜永不停息地从一个树枝飞向另一个树枝，从一朵姹紫飞向另一朵嫣红。羽毛里沾染的全是大自然的芬芳与干燥。飞累了，找一棵粗壮的大树停息，唧唧啾啾地啼鸣，奏一首自由的赞曲。因为一场突如其来的疫情，我们已经在家禁足很久了，身上一件件脱掉的衣服告诉我们，外面已经冰消水暖，春天到了。脑袋里关于春暖花开、草长莺飞的美好向往就像一颗种子，在心田开始发芽，侵略似的生长。我们急需一场远足，急需双脚踏进泥土里，迫切地渴望紧紧地与悄摸儿到来的春相拥，在热烈的拥抱中，去呼喊，去流泪，去宣泄那些积压在心底的情绪。

　　终于，在一个不起眼的，很值得纪念但我们却都没有记住的日子里，我和弟弟妹妹们相约，一起去了龙山。我们是凭着记忆找到那里的，来之前也完全不知道龙山到底如何，值不值得我们去游玩。我们仅仅凭着之前从金牛、从咸宁回太和的时候，看到路边"龙山风景区"的指示牌和门头去那里，就像一场与时间的豪赌，但很显然，我们赌赢了。这一次去龙山真的是不虚此行，而且还给了我额外的惊喜。

　　开车经过"龙山风景区"的门头，我们想找一个地方停车，但没有找到，看到路边有一户人家的院子很大，空荡荡的，便腆着脸去沟通，能否停在那里。山脚下的村民很随和、热情，不但允许我们停进去，还在一旁指引如何更好地将车开进去。那一刻，还没走进龙山，我们的心已经暖暖的，被感动到了。我们顺着一条平坦的水泥路上上下下，水泥路旁和更远的山坡上长了很多我们不知道名字的花儿，那白色的花朵很宽大，由一朵朵小白花组成，那粉色的花成片成片地开着，几株洁白的山茶花，在枝头茂盛地开着，我们捡起被风吹落下来的山茶花，拿在手里把玩着，舍不得丢弃。猛然间，我们看到了一片的野山包子，这儿时记忆中的美味，更是激起了我们极大的热情与兴趣，我们开始在山坡间寻找更多的野山包子，一边寻找，一边回忆着那些关于野山包子的甜蜜记忆。我们寻找到了许多，但大多数是未成熟的，可是我们并没有气馁，依旧兴致很高，甚至做好记号，相约着等这些野山包子成熟了再来一亲芳泽，再来采摘。到那时我们定要最大程度地满足我们的味蕾，去填补记忆中关于野山包子的种种甜蜜。

　　就这样一路玩耍，不知不觉我们便来到龙山腹部。经过一片竹林，我们来到了一座寺庙门前，那寺庙因疫情原因，大门紧闭，我们只能从外面往里面看，寺庙门口种了两颗粗壮的芭蕉树，芭蕉叶青翠欲滴，我们猜想它会不会结出香蕉啥的，但其实它能结出什么我们并不关心，我们只是找了一个话题，来愉悦我们自己。我们久久地站在寺庙门口不愿离去，便仔细地去观察寺庙周围的一切。我们去看那片竹林，那竹子竟有手臂那么粗，有些竹子上还刻了些字。我们从一棵竹子读到另一个竹子，像发现了很多很多的秘密或者心愿一样。这又一次让我们感到了开心。

　　我不愿同他们一起读了，便返回，从路边的另一头走去。走了约莫一百米，看到青龙泉三个字。我怔怔地看着这三个字热泪盈眶。接近二十年的光景了，我终于找到了儿时的那片土地。儿时让我久久不愿忘记却又渐渐模糊的事情，终于又渐渐清晰起来。我想去触摸，去紧紧抓住那三个字，但我没有。我喊回弟弟妹妹和我先生。一行人站在青龙泉，我激动地告诉他们，这就是我跟你们提到过的青龙泉。这就是我跟你们吹过很多遍的青龙泉。这里的泉水是多么的甘甜，泉水永不停息地一汩一汩地往外流。这里的泉水得到了神仙的保佑，人们喝了百病不侵。我曾经拿瓶子灌了满满一瓶，舍不得一口气喝完。儿时的我，是那么的虔诚，相信这里的每一个故事，每一个动人的传说。

　　他们望着这青龙泉发呆，我很能理解，因为近二十年过去了，物是人非或者人是物非的遭遇太多太多了。这泉已经没有儿时的那种规模了，外面只用水泥砌了，只留了一汪小小的泉口，供人们取水。只是那印有青龙泉的石碑还是原来的那个碑，还是原来的那三个字。但这一切就已经够了，已经足够我去将那段我儿时最重要的记忆唤醒了。我成为一名资深的导游。我向他们一一介绍记忆中的这里。这里之前叫龙山，我并不知道，我只知道，这寺庙原来就是长兴寺，常年香火不断。寺庙门前种了一片矮矮的菠萝（儿时以为是菠萝，但是否正确，已经不重要了），还有一片火红的枫树林，一片超过膝盖的花海。这儿还有一个瀑布，我们曾在瀑布底下野炊，炒出的韭菜炒蛋和红烧土豆，到现在为止，都是我吃过的最好吃的韭菜炒蛋和红烧土豆。

　　我跟他们说，这里原来有一个瀑布，他们便要去寻找我记忆中的那个瀑布，但在寻找之前，我们又返回竹林，去寻找我儿时留下的印记了，因为我和儿时的小伙伴们一起也曾在那片竹林的某棵竹子上刻下我们的名字。我很感谢弟弟妹妹和先生对我回忆的鼎力唤醒。虽然我们最终并没有找到，但我依然心怀感激，依然掉落一两颗泪珠，依然觉得无比幸福。我知道，一切是非，但又一切如故。

记忆中的那个瀑布颇为壮观，像白色的幕布一样从半空中悬下来。流水清澈见底，我们捧了泉水直接饮用。脱掉鞋袜，将脚泡进水里，无拘无束，舒服极了。

我们又在龙山游玩了许久许久，天色暗了些许，身上有点凉凉的才返程回家。回家的路上，依旧方兴未艾，商讨着什么时候再来一次才好。我转身又看了一眼龙山，这一次我终于不会再忘记，再也不会找不到地方去印证儿时的回忆了。这一次我终于明白，它一直都在，在默默坚守着我和我小伙们的童年印象，初心不改地给我们最质朴，最纯粹的感动。

我知道，下一次，我一定会再去的。

惊蛰上龙山

柯　春

　　我们今天的目的地是龙山。对我而言，龙山与我并没有多大的牵挂，我挂念着的是里面的长兴寺。我去长兴寺的次数并不是很多，加上这一次总共是三次，但因为孩童时期留下的美好记忆，每逢节假日待在家无聊的日子里，我总想要去找记忆中的"长兴寺"，但每一次都是无功而返，这也成了我心神往之，渴望而不可达的一个好去处，如今我总算是明白了这地方究竟是在哪里。如今我也总算是明白了长兴寺只是龙山的一部分，我记忆中的长兴寺仅仅也只是一座寺庙的名字，那些给我留下美好印象的地方，散落在龙山的各个部位。看整体的景区结构图，整个记忆便都完整了，因此，龙山与我的缘分再次续起。

　　龙山牌坊屹立在马路边上，气势恢宏。来来往往的行人很难不被吸引。牌坊精雕细琢，几条金色的游龙栩栩如生，仿佛就要从牌坊里游出来，潜入山林中。又好像是在山林中游玩得久了，才钻进牌坊里短暂的休息。牌坊正中心的"龙山"二字更是龙是龙，山是山，龙又是山，山又是龙，龙龙山山竟一时不辨。友人提醒到，孙权曾在此地领兵操练。这儿是他们很重要的军事基地。"落箭塘"下至今还埋藏着许许多多的箭簇，那些箭簇与他们的故事已经被尘世封存得就像地窖的酒，珍贵而醇厚、绵柔。

　　从龙山牌坊往里走，一路草木纵横舒，小草破土而出，同树枝上挂着的嫩条儿一起露出嫩绿的脑袋朝我们搔首弄姿。微风拂面而过，混合着泥土与植物的清香，沁人心脾。站在山顶回首一望，对面的梁子湖，粼粼江色涨石黛，嬝嬝柳丝摇麴尘。若有兰亭，怕也是欲上兰亭却脚僵。上山的路上微微热，友人谈论起天气，惊闻今天是惊蛰，一年当中的第三个节气，当真是抱衾携包缓慢走，复岭重山且深入，为闻友人知和暖，安知如今便惊蛰。仿佛间，这里便红杏深花，菖蒲浅芽，黄鹂婉转，蝴蝶翩跹，愈加心旷神怡。

　　长兴寺的竹海是最有看头的，细细的叶，疏疏的节，温柔地垂着绿荫，不一会儿就阴干了额头的汗。在寺庙里烧一炷香，同一位面容和善的僧人交谈几句，往禅院后走，竟有一汪青苔。我想伸手去抚摸那青苔，但又怕去惊扰了她的一帘幽梦。我仿佛看到一位女子，又走进那片竹海，斑竹一枝千滴泪。我就那样静静地看着这青苔，又轻轻地折返回那片竹海。阳光透过竹叶的缝隙，斜斜地落下来，有了一丝暖意。一节复一节，千枝攒万叶，风摇青玉枝。这一刻的宁静美好，这一刻的灵魂契合全都可以交付给这片禅竹。连同曾经在这里刻下的字，许的心愿都可以交付给这里。什么时候回来了，你都可以得到慰藉。

　　惊蛰天值得上龙山，值得身处那片竹海，值得去邂逅龙山更多的美好。

四、诗词韵叹　多彩赞歌

1. 诗词咏颂

九日龙山饮

唐·李白

九日龙山饮，黄花笑逐臣。

醉看风落帽，舞爱月留人。

龙山观瀑

晋·陶渊明

曲水流觞九十旋，丹崖秀谷有洞天，

银河倒挂关山口，妙笔生花在龙潭。

游太和龙山

叶贤恩

仰坐上龙山，红花映绿岩。

入迹开小径，树影落幽潭。

寺远疏香客，树深怯晓寒。

徜徉皆自得，聚首颂尧天。

太和龙山颂

刘鸿宾

滚滚松涛卷青沙，森森竹海披红霞。

仰首龙山开异景，俯观农舍绽奇葩。

莲乡一望新潮涌，故里卅年富裕夸。

盛世如歌太平日，豪情似火颂物华。

龙山怀古（七绝二首）

万齐文

（一）

幽谷灵溪一古潭，龙吟虎啸震云天。

渊明续写搜神记，妙笔生花在涧间。

（二）

他年山穴鳄鱼藏，化作神虬记武昌。

云雨欲来闻号角，声传千古壮龙乡。

太和龙山吟

王长喜

今太和莲花黄村有幽绝处，瀑布、深潭、幽穴、高崖、秀谷、涧泉、清溪等景点星罗棋布，因赋：

莲岭相依荷叶洲，瀑帘原为养龙流。

雨工欲上行洪路，太子来当吹角虬。

陶令有诗吟曲水，於菟无胆跳深湫。

余描美景吁才尽，却待诸君笔力遒。

乡愁龙山

夏福枝

屋边龙山白果香，杜鹃啼血映朝阳。

皆传老虎跨深涧，谁见仙人拄杖忙。

螺峰叠彩丹青画，关口飞流翰墨坊。

金乌对日兰樟古，天竹摇风落箭塘。

注：白果树、古玉兰、古樟树、对金乌、天竹、吴王孙传落箭塘、老虎跳涧、仙人拄杖、山门瀑布、螺峰叠翠等均为龙山古景点。

竹枝词·游太和龙山风景区（三首）

徐胜利

（一）

金桂迟开沁暗香，龙山径曲草头黄。

登高遥指莲花贺，梁子烟光映日光。

（二）

日下微风送晓寒，诗人词客上龙山。

千年古刹长兴寺，藏在松林竹海间。

（三）

龙山秋日好风光，村企同心开发忙。

生态旅游招远客，长兴寺里话沧桑。

赞长兴寺（二首）

夏敬明

（一）

千亩丛林长兴寺，山峦叠翠松菊香。

金像自出佛光照，花卉艳丽绝无双。

（二）

修身养性是仙境，布衣粗粮得安康。

冷眼向洋看富贵，乐在寺前钓寒江。

糍粑岗糍粑（二首）

夏敬明

（一）

糍粑岗上花如锦，糍粑好吃久闻名。

自打明朝传佳话，过往行人把轿停。

（二）

秘传男丁数十代，而今依然客盈门。

吃了糍粑不过岗，落口叫你舔不停。

长兴寺竹笋（二首）

夏敬明

（一）

长兴竹笋满山坡，春来拔节笑呵呵。

鄂冶两地无堪比，嫩鲜营养好下锅。

（二）

清明尺高正当时，谷雨一丈成材多。

煲蒸炒煮滋味好，笋中极品在龙山。

太和龙山组诗（六首）

廖国峥　余国桥

龙　山

太和镇外起龙山，风物人文俱壮观。

卧佛坦怀非梦幻，青龙戏凤是奇缘。

山林竹石然天景，墨客苏黄解妙禅。

济世神虬留圣迹，藏头现尾古今传。

龙吟洞

龙吟洞外听龙吟，佛号声声济世人。

大旱每每求必应，菩提树下降甘霖。

古龙树

古树修行四百春，枝如龙爪干呈鳞。

根深叶茂朝阳地，蔽日浓阴阴子孙。

龙山瀑布

龙山峡口挂珠帘，闪烁银光耀九天。
飞入龙潭成瑰宝，依时顺势润农田。

双龙古井

古井黄门至孝开，二龙戏水瑞萦怀。
莲花德泽生双蒂，不尽泉源滚滚来。

神龙溪

曲折蜿蜒十八旋，神溪水潆亦甘甜。
青龙出没潜身地，崖丹秀谷百花妍。

咏龙山诗（三首）

黄天明

踏雪访长兴寺

长兴古寺隐瑶台，谁将松柏处处栽。
雪染群峰众鸟静，月明竹下高僧来。
寒依疏影萧萧雪，春伴残香漠漠台。
放眼龙山吟此咏，琼枝玉骨遍悬崖。

端午上龙山

其一

端午龙山集旧交，灵山秀水游一遭。

古寺新构成美景，长兴暮鼓除忧劳。

山门风竹涵千秀，鼓乐钟声漾九霄。

月上楼台夏夜风，松涛波动梁湖潮。

其二

巍巍龙山横翠微，览胜登临云摄衣。

世事纷纭何足论，人生如同一盘棋。

六十五年转眼过，牧童短笛响山隈。

昨日少年今日老，故地重游感慨归。

重阳吟咏

黄天明

九九又重阳，篱边菊正黄。

徒步龙山巅，凝望思远方。

梁湖归眼底，稻菽连片黄。

红楼碧树隐，富村见小康。

身旁枫叶落，桂树花亦香。

乡愁系牵挂，身心安故乡。

渔家傲·龙山忆

晓岚

四十年来离故乡，几回梦里思断肠。一见莲花格外香。今重返，无边黛色满眼芳。拾径寻幽龙山魂，听溪关口诉沧桑。云卷云舒任雁翔，曾记否，牛角挂书笛声扬。

龙山赏月·中秋（外二首）

晓岚

枫叶如丹映长垄，桂花酒烈情更浓。
吴刚举杯邀明月，嫦娥展袖舞太空。
岁暮乡愁千日醉，夕阳壁照几时红。
仰望星海寄夜语，已闻古寺报晓钟。

咏月·中秋

嫦娥今夜开宫门，借得银河白玉盆。
桂花酿酒相醉饮，月饼伴茶欲销魂。
白露临村山染雪，枫叶漏网月留痕。
秋闺应慕人间乐，何须寂寞度朝昏。

牵牛花

秋风送爽日西斜，溪畔牵牛次第花。
不与群芳争艳丽，只留清气到万家。

红月亮（外三首）

晓岚

昨夜星辰昨夜风，一轮皓月转眼红。
谁持彩笔当空舞，疑是嫦娥到村中。

秋之韵

秋风未请到乡村，明月自来夜叩门。
人如秋荷来有影，事同春梦去无痕。
桂花酿酒三杯醉，龙井煮茶一口甘。
相约龙山情无限，归根落叶一笑温。

龙山览胜

龙山秀色景玲珑，巨佛仰卧有形中。
晨钟暮鼓清凉地，览胜弄幽乐无穷。

采橘谣

采橘龙山下，金风送晚霞。

秋果盈树挂，丹枫满山崖。

扶杖穿松径，青屏缀画楼。

登峰访古刹，世外桃源家。

宝殿鸣馨语，僧尼经互答。

碧树红楼处，仙乡看莲花。

游长兴寺

——与子黄涛同游长兴寺

朝文

卧佛潜山净无尘，千年古寺听梵音。

人要空心心即佛，事能大气气当平。

水有源头树有根，金秋结伴觅乡情。

僧尼笑问何方客，父子欣答故里人。

拜关公祠（外二首）

朝文

关祠寺立白云头，宝殿巍峨凌九霄。

儒圣道尊释弥佛，宋王明帝汉封侯。

麦城喋血山河咽，长顷挥戈鬼神愁。

英雄浩气传千古，爆竹香纸照天烧。

咏 荷

月色荷塘夜放花，冰清玉洁身无瑕。

奉献芳香心尤苦，只留正气满天涯。

咏 菊

不慕虚名不慕荣，数枝秋菊露华容。

万紫千红花似锦，蜂群竞舞蝶旋空。

龙山观佛

黄天明

行至龙山古洞天，悠闲巨佛独自眠。

游客未敢高声语，唯恐惊醒梦里人。

秋霞咏

黄天明

童年记忆入窗闱，醉赏山乡一夜归。

牛角挂书吹玉笛，稚手耕田架铁犁。

韶华易逝人未老，风物长宜景常迥。

一抹秋霞相映美，碧树流溪对夕辉。

龙山四君子（组诗）

晓岚

春　兰

春讯兰先得，花开岁序新。

窗帘藏幽梦，淡泊一缕清。

夏　竹

舞影龙山月，风停众鸟歇。

虚怀抱幽谷，铮骨亮高洁。

秋　菊

一任妒群芳，不为秋实狂。

霜重色愈艳，怒放荐馨香。

冬　梅

冰清凝玉洁，众卉林中绝。

红梅斗艳开，笑傲龙山雪。

仙女池（组诗）

丑牛

龙山隐隐水迢迢，料峭清寒草木凋。

仙女沐浴梅溪畔，为何夜半乐逍遥？

龙山夜雨过仙池

问君何时降梅溪，龙山夜雨涨仙池。

如期共享农家乐，天上人间共此时。

龙山情

四望山青碧水清，春郊试马步新程。

龙山不记游子恨，我欠龙山一世情。

龙山观瀑忆陶公

窗含幽谷雨纷纷，陶公望瀑客松迎。

口占名诗廿八字，晋史民谣颂到今。

山　歌

短笛横吹唱山歌，一山放出万山和。

虎啸梅溪龙戏水，乡愁春梦不厌多。

题龙吟阁

龙吟天地外，高阁与云端。

群贤歌雅韵，翰墨写松烟。

水调歌头·春游仙女池

丑牛

芳草一山翠，春暖梅花溪。溪畔春花满，花上舞黄鹂。我欲寻香问路，直探隐秘幽谷，仙气展虹霓。唯恐惊玉女，沐浴已宽衣。穿剑石，拔玉竹，照金辉。天仙何在？无人对酌玉泉杯。谁知天香国色，爱慕灵山秀水，欢笑弄碧溪。瀑飞天地外，明月不思归。

无　题

黄天明

金盆养鲤隐层楼，双谷青龙暮云愁。

红尘不染静山水，宰相何妨守庙头。

一记洪钟千嶂晓，四时绿竹九霄高。

云间卧佛忘时态，夕照群峰睡未休。

题龙山瀑布（外四首）

丑牛

飞帘倒挂出幽泉，陶令题诗尚有传。

一道银河来天外，千层雪浪到眼前。

藏龙深渊云水暖，卧虎危涧峡谷寒。

我欲行书赤壁上，唯恐独占古人先。

龙山冬梅

一花怒放百花藏，傲雪冬梅独自芳。

友情暗里韶光度，敢占人间一品香。

苏轼洗墨池

曾经隐凤苏学士，此地空遗洗墨池。

戏水闲鱼助雅句，连山好竹敲新词。

落笔长风闻虎啸，成文骇浪听马嘶。

未识龙山真面目，只缘佳景来游迟。

二贤亭怀古

松苍树参天，青云独去闲。

丛林留韵事，山野出高人。

棋联得巧对，胜迹觅诗仙。

钓翁今安在，倚亭忆二贤。

题长兴寺

长兴古刹隐龙山，霞蔚云蒸连广寒。

鱼木声声虔神佛，晚风阵阵拜观音。

同沾法雨除怨恨，共仰莲花报平安。

净土菩提缘自扫，空门般若不用关。

长兴古刹（藏头诗）

黄天明

长松拥黛绿森森，兴鼓梵音每相闻。

古溪对月流日夜，刹影横斜云水深。

龙山竹（外一首）

夏祖移

远见龙山绿波涛，

近抚乡愁竹连绵。

晓月清风春常在，

刚正亮节正气篇。

龙山泉

旖旎龙山一名泉，

滋润万物不等闲。

恰似母乳不求报，

哺育后人万世贤。

攀好汉坡·寻落箭塘

龙山人

天梯悬百丈，好汉可登临。身外红尘静，脚底白云生。野径寻幽梦，清泉侧耳听。箭塘依旧在，千古流芳名。

江城子·清明

龙山人

清明时节醉春风，暖融融，杜鹃红，卧佛横空，梦境睡正浓。眷念龙山情更迫，君不见，玉皇宫。

长兴寺里听晓钟。细雨濛，雾锁峰。记得少年，戏水在潭中，尤望关口悬瀑布，千里外，吼声隆。

钗头凤·中秋月

龙山人

中秋月，桂花液，长空雁叫彩云叠。满目龙山真如雪。风儿静，蝉儿歇，一杯乡愁，几多情结。得！得！得！

香如故，人空缺。嫦娥应悔寒宫阙。流星雨，从头越，海棠依旧，冰清玉洁。切！切！切！

咏雪梅

龙山人

秋尽群芳残，雨一番，雪一番，雨雪姗姗落满山。山人舞墨拳，舒展风情卷。浩志凝笔端。燃炊烟，雾盘旋，壮大观。

一树霅中绽，暗香雪里灿。笑严寒，醉梦酣，月光淡。高怀若虚谷，吟啸有清欢。天欲坠，地尤宽，宁静而致远。

凤栖梧·秋思

龙山人

薄雾蒙蒙浓晓照，罗汉献脐，佛在丛中笑。九月黄花才露头，请君莫道秋容瘦。暮云尽扫，守望乡愁，夕阳无限好。碧水青山横眼眸，临风把酒神龙道。

满庭芳·红梅赞

龙山人

白雪绵绵，神韵点点，层林尽染。何人漫卷风情卷，如此壮观。山空蒙，花想容，红梅笑对蟠龙旋。醉眼看，月光寒，盈袖幽香雪里灿。天尤阔，路尤遥远，兴会总无前。

天净沙·天池映月（外二首）

丑牛

仙人洒洒高坡，谁料化作银河。明月清风共我，天池三个，见证岁月如歌。

夏日偶成

杨柳青青隔岸垂，蜻蜓对对蝶双飞。

诗书为伴开心扉，醉写龙山共忘机。

再咏牵牛花

雨后牵牛次第开，朝雾炊烟共徘徊。

清香紫气门前绕，不信东风唤不回。

钗头凤·咏秋

山野村夫

云雾茶，桂花酒，无限秋色溪旁柳。东篱菊，对君酌，留住乡愁，百年求索。合！合！合！

山依旧，人已瘦，遍地黄花魂香透。枫叶落，晨雾薄。清风在抱，好梦长托。乐！乐！乐！

水仙子·牵牛花

山野村夫

一片落叶一片秋，一声鸿雁一声愁。虬川归梦八年后。牵牛花，朵未收，只为山居故人留。人生多少事，褒贬千秋，付之东流。

落梅风·秋雨

白头翁

酷暑后，秋雨促，满山尽洗桑拿浴。虬川飘落东篱菊，蜜蜂追赶溪流去。

念奴娇·月思

白头翁

群雁列阵，赴中秋，更添龙山风色。玉界琼瑶数万里，看我红枫一叶。皓月当空，星河银汉，广宇俱澄澈。怡然自得，此时共与君悦。

遥想玉兔嫦娥，孤芳自赏，爱恋寒宫阙。吴刚弄斧终无歇，桂树时而圆缺。把盏吟啸，仰望北斗，万物皆过客。开怀大笑，不知今夕何夕。

忆秦娥·中秋月

白头翁

鸟儿歇，开窗影照中秋月。中秋月，红叶题诗，龙山如雪。隔岸杨柳金蝉咽，临溪红柿灯笼结。灯笼结，一帘幽梦，乡愁不绝。

千秋岁·重阳节

白头翁

数声鸿雁，又报重阳节。橙橘更待故人摘，风轻云色淡，天高鸟飞越。龙山枫，游人尽赏黄金叶。人约黄昏后，莫将秋菊折。人未老，情难绝，心系乡愁恋，人有千千结。抬望眼，忘却愚夫两鬓雪。

木兰花·晚晴

白头翁

谁不道是家乡好，关口青松迷雾绕。卧龙伸项汲虹虹，那料天池群芳闹。平生长恨才艺少，回眸七秩方一笑。为君把酒对斜阳，宜将秋山留晓照。

2. 诗海拾贝

龙　山

邱保华

太和莲花古村拱起一座山

山不高不险

却有一个震撼的名字

龙山

龙山襟怀一穴古泉

泉不走眼

却把一段龙穴龙吟的故事

世代绵延

龙吟龙山

澎湃着华夏经典

从远古走来

一代又一代圣哲先贤

晋有诗魂陶渊明

在此对瀑吟诵

宋豪苏轼黄庭坚

倚山洗墨著篇

长兴寺的香火

蘸了龙山的脉涎

烛照千年的虔诚

竟袅袅升向云天

我上龙山摘云朵（外一首）

牛石人

狗尾巴草长在路边，芭芒花

随风招展

踏着秋天的阳光，我寻觅着

失落山野的童年

看那石缝的野菊，闻这竹海

的清甜

那是"猫儿扑鼠"，

这是"老虎跳涧"

听山风复述外婆的童话，学外公用双手捧起山泉

我要攀上龙山之巅，摘下云朵

佩戴在胸前

浩淼梁子湖与蓝天一色，这里的

武昌鱼闻名世界

静谧吴王寨与落箭塘同在，这里的三国烽烟已载史册

喝一口山脚的金鸡泉，品一品

谢埠千张的舌尖美味

我忘不了热腾腾的红薯和老油面，还有奶奶编织的草鞋

仰长兴寺前老松，慕二贤亭里棋局

我流连于龙山沟壑，摘下云朵

小心珍藏

每片树叶都有鲜活的记忆，每株花草都能描绘出佳话

陶渊明吟叹的龙潭，苏轼静修的石屋茅庐

更有这曾被制作成吴简的楠竹

将"以武而昌"铭刻

这儿的山是本厚重的历史，这儿的水是不绝的根脉

我上龙山摘下云朵，和炊烟一起悬挂村头

为你接风，为你洗尘

五月，是解码家乡山水的钥匙

五月，是解码家乡山水的钥匙

当敲窗的雨淋醒你

儿时的梦，你会走近家乡的山水

谁信四十八蹬曾是亲情阻隔

扶老携幼的面孔亲切又熟悉

谁信羊肠小道曾把鞋底磨穿

路路通村分明脚下一马平川

谁说天梯难上，谁说山村闭塞

陈太、胡进，还有邱山头和狮子口

都是城乡居民休闲度假首选

五月，是解码家乡山水的钥匙

当拂面的风撩拨你

躁动的心，你会亲近家乡的山水

为何这般山青水秀，为何这样

风和日丽

看山风穿过林梢，牵手白云

看野菊擎举花朵，开满山峦

注目村口矗立的石门，轻抚上面

累累弹痕，你会顿悟——

红色基因已深植在这片土地

献给龙山的歌

王义文

烟波浩渺渔歌悠扬的梁子湖畔，

你用身体高远了天，壮阔了地。

昂起龙首，傲视苍穹；

福佑人间万物，恩赐鄂渚龙乡。

你将清风留在松林，

你将雨露蓄在竹海，

你将雷霆藏在龙吟洞，

你将闪电隐在青龙潭……

老龙树诉说你的故事，

神龙溪讲述你的渊源，

观龙亭俯望你的雄姿，

乌龙峡回荡你的辉煌。

龙山瀑布，似银河倒挂，

双龙古井，如明珠闪光。

龙乡祠堂，传耕读家风，

青龙泉水，润果熟花香。

沉默寡言，你蕴含神奇深邃。

横眉冷对，你阅尽千年风霜。

绿染山峦，你尽显苍莽奔放。

憨厚朴实，你情满农家小院。

灿烂的朝霞，为龙门添彩，

朦胧的月色，描龙池霓裳，

唤来百鸟，齐声歌唱——

接龙桥上，笑迎宾客四面八方！

游太和龙山

夏敬明

云雾引领

一路迂回曲折

崇山峻岭中

落剑塘里鱼虾嬉戏

见证吴王练兵足迹

苗圃场中百花竞放

仰慕五里四乡来客

蜂蝶飞舞

鸟儿枝头歌唱

一曲曲天籁之声

回荡一方名山

流连长寿泉旁

捧一口千年圣水

畅谈大好年代

享受美拍

好不逍遥

长兴寺内击鼓

震耳欲聋

期盼心思梦想

一夜成真

虔诚惊讶游人

漫步竹园

清逸柔美

享受风姿风韵

清新令人神往

游玩中

品一杯龙山茶

喝二两太和谷酒

尝一尝特色农家菜

让帅哥靓女

青春不再懵懂

让爱飞扬

龙山秋行（组诗）

余凤兰

龙　山

风吹龙山　秋用一地暖阳

腾出空旷山野

万物悬浮中生长

草虫低鸣　说出翠绿的夙愿

小菊绽开明亮与鹅黄

落日里　草木斜身致意

鸟声稠密惊醒丛林

种三百亩白云吧　开成林间飞絮

再种三千亩松涛　开出一夜风声

满坡柚林散发诱人香气

花事正在赶路

一阵风复述流传已久的故事

初始的蓝在天空发酵

星星坠落时

被潜伏的龙截获收留

长兴寺的钟声　关帝殿的烟火

漫山遍野的紫红蓝绿

与葱茏相守多年

那些蜜蜂与蝴蝶

飞成山间乐谱上的音符

吸纳足够的雨水和风霜

积攒太多的阳光和月色

一片楠竹攀上

蓝天的蓝白云的白

俯瞰一群鸟在滴水井停歇

青龙泉涌出内心的澄明

黛色浸润的山水之闲

铺陈在游人脚下

行进在路上总会有前人的诗句

从石缝间蹦出

青龙泉

蛰伏在山腰

驮着绿

为四季吟诵水流之声

空寂中闲坐

散逸成一幅山水画卷

多少次微澜荡漾

让时光一片悠长与清凉

多少次身披苍茫

与古木和野草一起

扯一把云霓 吹一坡竹哨

不必问是哪一年隐居山林

每一滴水如风般洁净

眺望前方 梁湖碧波

正将内心的汹涌

抛出呼唤

折叠阳光 听青龙噪音轻柔

看一潭清澈如镜 浓醇如酒

路旁青石盘满花纹

一处处美景

洗去都市的倦意

古樟树

放慢脚步

寻找一缕香的来处

天空如此洁净

时光填满了齿痕

疏离的影子融入黄昏

鸟儿是最漂亮的叶子

不知悬挂在树上多少年多少代

伴随它的草木山石

确认一棵古樟用毕生年华

为龙山铺上葱茏

流年如水

节节拔高的躯体

已呈现老态

身边枯黄的竹林

爬满了风雨相传的故事

春风和细雨不期而来

无数樟叶纷纷飘零

一片又一片催着春天发芽

古樟撑起的华盖之下

安顿了一颗颗草木之心

天 竹

从土壤中探出头

稚嫩的身体　见风日长

白云之下辽阔之上

沉淀成一山剪影

风吹过　摇落满地星辰

和着蛙鼓钟鸣

隐身于月晕

当晨曦挂起炊烟

轻轻拂落

小鸟睫毛上的露珠

一颗狗尾巴草

挂满秋霜

水灵灵的婴儿肥

绽开笑意　仰望之际

惊飞一群麻雀

竹涛如海　春笋如林

刺溜溜的风正在点兵点将

此时　万物温润而朴素

一只松鼠攀着竹节

像阳光洒在大地的轻

遇见龙山遇见您

陈希

这一次的不经意
这一次的无心之旅
似是仙人指路，回归
梦里的山高水远，人间烟火
心灵的栖息地，让人顾盼生姿

走着走着，长兴禅寺突兀眼前
红砖黛瓦，肃立山间，那么安静
据说已遗留千载，梵音不绝于世
善男信女躬行脚下，自在人间

清风徐来，竹竿起舞
稍作遐想，已是万水千山
儿时的竹海，值得倾心托付
是故乡，是屋前屋后，是家园
又恍惚，苏大学士就在前方
他拄根竹杖，穿着芒鞋在引路
一串串的脚印上撒满了光芒

据当地人说，苏学士真的来过
看，留下的洗墨池就在林间

他是否曾对着这一汪清泉怀古
念楚先人筚路蓝缕，开疆拓土
叹汉晋武士，勃勃雄心踞吴城

有多少风吹就有多少梦想重叠
有多少贤士就有多少翰墨华章
今天的龙山一如既往，不惊不艳
正翘首以盼为之重塑金身的游子

五、楹联赋记　翰墨传家

（一）楹　联

长兴寺院落成庆典联

江山聚圣灵，古寺重兴，万树苍松扬峻德；

华殿开禅光，清泉复旧，千条白练漾洪功。

长兴寺山门联

月华高德资鸿运

江海瑞灵洽富鳌

江流有声美德长留天地

华泽无量丰功永驻人间

长兴寺江华楼联

江山不夜月千里

华德无私福万家

江河开光群贤毕至

华堂焕彩蓬荜生辉

曲径留清阴慈缘无限

高风量竹节积善有余

楼宇重新大好灵山人造化

溪流依旧无边浩气日迎来

长兴寺大雄宝殿联

常伴如来巧借慈航登觉岸

心观自在好从苦海渡迷津

长净龙山观自在

兴隆盛世见如来

龙卧蛟潜世外桃源地

山环雾绕画中福洞天

龙化祥云普渡慈航拯苦难

山凝紫气鸿开正觉点迷途

妙华普观问谁重塑宇殿金身乐施善缘名万世

慧日常悬张士留取龙山遗爱欣播大德炳千秋

一寺遍梵音欣东土光明普照慧日慈缘庄严色相

千年尤桑海望莲花香火长燃禅林乐土天界钟声

莫做亏心事众善奉行才了如来真释义

效仿大觉人五蕴非有是非般若密多经

题三圣殿联

三圣导航直挂云帆济沧海

六根真净破除世俗返迷途

三圣警言声声自在

一朝醒世色色皆空

月映禅林三圣三菩提三乘三觉悟

莲开佛国一花一世界一叶一如来

置田置业不如读书教子

积玉积金莫若积德树人

头等好事无非行善

上品高人还是读书

华发仰龙山纵观三千法界云路高悬地有坎坷惟有慈航登彼岸

江心鉴皓月聆听八方梵音溪流曲折天无绝顶岂无苦海返归途

古寺名长兴香火连天午夜钟声惊俗梦

龙山望梁子烟波浩瀚何时载舟乐同游

地藏王殿联

天赐神灵开觉路

地藏妙相悟禅机

为名忙为利忙忙里偷闲拜尊佛去

劳力苦劳心苦苦中找乐烧炷香来

观音殿联

观破红尘涌甘露

音参妙谛焕慈云

回心呈亿万化身依净土印心觉悟群迷成正果

慧日照三千法界引慈航宏量庄严重辉证慈缘

天王殿联

问天上神仙谁解百姓千千结

指人间正道我除众生日日忧

法轮有幸修正果

妙相同参现金身

法宇更新普化大千世界

华严妙应展开亿万金身

法镜交光悬慧日

牟尼真净聚祥云

长做好人好人终有好报

多行善事善事岂无善终

六合塔联

桃李杏三花共季

天地人六合同春

小天池联

林茂能藏云外鹤

池小可映水中天

落箭塘联

兵演吴寨原有故

箭落龙山自成塘

竹海松涛联

竹海啸松涛两袖清风梳佛地

奇峰生峭石一帘水月映禅林

桂花泉联

古寺闻钟，来寻仙宫妙境

名泉拥桂，莫问世外桃园

聪明泉联

饮得泉来聪明莫因聪明误

拜了佛去慈善总结慈善缘

送子泉联

泉奇好奇泉麒麟送子

福多真多福关帝招财

洗心泉联

洗尽旧襟胸一泉涌出千顷浪

放怀新世界万竹迎来数峰峦

蝴蝶泉联

日照客松松隐鹤

泉追蝴蝶蝶恋花

回文联

人恋长兴寺

寺兴长恋人

小石林联

石林立处难寻石

山雨欲来不见山

观龙亭联

亭边一夜雨

脚下百龙泉

金珠溪联

玉液潺潺来者饮之且将龙泉赊月色

金珠滚滚过客盈也放开诗量藏野珍

锦绣谷联

眼前月色龙山静

寺外钟声秀谷幽

蝴蝶谷联

谷底蝴蝶花上舞

泉里鱼蟹草中藏

龙亭观雨联

龙云带雨洗崇峻

山竹引风娱清怀

仙人掌联

石上仙人掌

林间布谷声

双龙井联

井出双龙祥百世

泉源一脉济千民

泉纳百川流芳远

井腾双龙济世长

状元桥联

青云直上防落马

壮志已酬莫拆桥

仙人下棋联

大地为棋只仙人敢下

龙山似画邀过客闲游

钟鼓楼联

钟声鼓声号经声声声悦耳

国事家事天下事事事关心

一楼镇鄂东万木丛中钟警世

三楚位湖北千年寺里鼓惊心

龙山山门联

龙翔盛世人杰地灵昌鸿运

山照禅光物华天宝享太平

万里梵音传妙谛

千秋佛国佑长安

龙播祥云暮鼓晨钟声悦耳

山藏锦绣春梅夏竹色赏心

凭栏啸傲叹无边丽日苍松灵泉古寺直探梵音悟妙谛

览胜仙游阅不尽崇山峻岭茂林修竹横吹玉笛赏梅花

夏家畈湾门楼联

大地枕龟山夏氏迁乔昌百世

先人光赣水秘书治邑颂千秋

莲花黄村门楼联

莲秀枝荣百代流芳源双井

花黄子衍一席暖床孝千秋

梅家祠堂双井堂联

文韬武略一堂师表

孝至忠精双井流芳

圣祖重辉万代忠良标青史

莲花竞秀千年香火启后昆

治国安邦赤胆忠心光汉室

兴庄接福和风细雨润莲花

求名求利求财求福有求必应
顺水顺风顺意顺心无顺不通

题长兴寺联

黄治国

古寺重光大地钟灵一泓清水不思去
诸佛在殿众生景仰千杆修竹也回头

一瓶甘露一枝杨柳指引众生归佛国
千目关注千手招挥滋润万物壮神州

龙山关公祠楹联

皇殿联

轶名

巍峨咫尺天执掌阴阳生万物
浩荡神灵地观看善恶易分明

关帝殿联

轶名

汉封侯宋封王明封大帝历朝加尊号
儒称圣释称佛道称天尊三教尽皈依

关帝庙联

关公落驾招财宝

帝子乘风下翠微

关心汉室三分业

帝树华中一圣人

赤面赤心万里关山驰赤兔

青灯青史一员俊杰舞青龙

德兼文武无双杰

义结兄弟有三雄

竹留节玉难碎死遗名不愧真君子

富不淫贫不移武不屈此乃大丈夫

吴王寨武昌观楹联

题吴王寨

四时群翠竹凭栏探古游人览胜伏虎苓

一寨屹奇峰俯首追昔大帝光临演兵场

题武昌观

揽烟云变幻沙场演战吴王寨

仰峻岭天尊道法自然武昌观

武昌观大门联

轶名

仙人好楼居三宝台中聊寄足

天尊锡符命十王殿下免惊心

（二）赋　记

龙山赋

黄天明

巍巍龙山，鄂州之南，巨佛仰卧，处之泰然，如虚如幻，如影如形。山是一尊佛，佛为一座山。其势东枕匡庐，西吞云梦，南接洞庭，北控黄州，雄驻楚尾吴头，脚踏梁湖万顷烟波，晴岚晓月，暮雨朝云，气象万千。此地有崇山峻岭，松涛云海，茂林修竹，曲水流觞，飞瀑流泉，百鸟和声，龙翔凤栖，虎啸狼啼，此为龙山之大观也；然则春吐幽兰，夏听竹海，秋赏红枫，冬品雪梅，这般风景，如临世外桃源。正是梁湖游来不戏水，龙山归去不看山。

自晋以来，鸿儒武士，墨客骚人，多会于此，或参禅，或问道，或修文，或习武，或隐居，宋苏轼曾在此静修，三国时吴王孙权在山下吴王寨演兵，箭落龙山顶自成塘，故名落箭塘，斯人已往，逝水如斯，古迹犹存。山中丛林深处隐藏千古名刹长兴寺，镶嵌于"金盆养鲤"之天台宝地之上，始建于五代后唐明宗长兴四年，时僧人在此结庐为寺，曾几度兴废。斗换星移，时逢盛世，政通人和，国泰民安，近有大德居士张江华君无量功德重修长兴寺，历三年宏构落成，金碧辉煌，庄严肃穆，与苍松翠竹交相辉映，信众云集，香火延年。

山不在高，有仙则灵，水不在深，有龙则灵。山中暮鼓晨钟，朝经夕号，梵音飘渺，警醒世间名利客，唤回苦海梦中人。

山脚有古二十四孝人，大书法家、大诗人宋黄庭坚后裔一支于明万历丁未（1607）年由江西迁于莲花庄，依山而立，傍水而居，兴家创业，人丁兴旺，人才辈出，至今梅家祠堂古风犹存，融情于山水，留守于乡风。

登斯山揽其胜，则有接天地之灵气，溢古今之豪情，心旷神怡，宠辱不惊之感慨。此地物华天宝，人杰地灵，山村合一，佳景天成，龙山如仙山，龙乡胜仙乡。

雄矣！醉美龙山，世外桃源。

龙山记（之一）

甲午孟冬，时逢世盛风清，民安国泰，百业昌隆，武昌名流人文墨客齐聚龙山，群贤毕至，高朋满座，风云际会，览胜寻幽，嘱予作文以记之。巍巍龙山，武昌之南，山清水秀，卧佛潜山。山名可溯晋史，武昌有龙山，天欲阴雨，有声如吹角；陶公亦有《续搜神记》曰："县属之灵溪虬山，有龙穴居，人每见神虬出入，（岁）旱祷（之），即雨。"此地有崇山峻岭，茂林修竹，松涛云海，曲水流觞，古刹名泉，奇石瀑布，集天下胜境于一体，汇人间自然、人文景观之大成。吴王射箭，沙场演兵；苏黄棋对，巧夺天工；陶公观瀑，妙笔生花。兼天下英雄文韬武略安社稷，众星拱月，融翰墨华章焕人文。龙山之美，其势东枕匡庐，西吞云梦，南濒洞庭，北控黄州，雄驻楚尾吴头，脚踏万顷烟波，此为龙山之大观也！

登斯山揽其胜，则有心旷神怡，宠辱不惊，一览群山小之感慨。溪畔看花开花落，山前任云卷云舒。陶令不知何处去，诗人兴会更无前，千顷梁湖归眼底，万家忧乐系心头。

龙山记（之二）

晋史苓记："武昌有龙山，欲阴雨，上有声，如吹角。"又引陶潜《续搜神记》卷十曰："县属之灵溪乡虬山，有龙穴，居人每见神虬飞翔出入。（岁）旱祷（之），即雨。后人筑塘其下，曰虬塘，今名龙山。"龙山汇古刹、古井、古泉、古树、古桥、古宅、古溪于一体，纳巨佛、峰峦、怪石、溪泉、瀑布、峡谷、珍木、奇花、异草、稀禽、野兽于一炉，聚人文、自然景观之大成，其势东枕匡庐，西吞云梦，南接洞庭，北控黄州，雄驻楚尾吴头，脚踏梁湖万顷烟波，晴岚晓月，暮雨朝云，万象总输奇秀；此地有峻岭崇山，茂林修竹，松涛云海，曲水流觞，龙翔凤栖，虎啸狼啼，此为龙山之大观也！然则春探幽兰，夏听竹海，秋赏丹枫，冬品雪梅，四时不改葱茏。

自晋以来，帝王将相，鸿儒武士，墨客骚人，群贤纷至，或参禅问道，或吟诗作画，或操戈习武，演绎无数风流雅剧。逝水如斯，史迹斑斑。

昔三国吴王孙大帝驻兵吴王寨，励精图治，秣马厉兵，操戈习武，箭射龙山，自成一塘，名落箭塘；晋陶渊明龙山观瀑，即兴赋诗，妙笔生花；五代后唐明宗长兴四年宰相来此隐居，削发为僧，择龙山结庐为寺，始建长兴寺，自此晨钟暮鼓，朝经夕号，香火延年；宋苏轼龙山隐居静修，草堂遗迹犹存，洗墨池畔翰墨飘香；诗坛并书坛泰斗苏轼，黄庭坚龙山松下围棋。棋联巧对，传为美谈。民间流传卧佛潜山，黄龙穴居，仙人拄杖，仙女沐浴，栖凤池，望夫崖，试剑石，飞来石，神话典故，众口称奇，平添神秘色彩。人神共处，超凡脱俗，如虚如幻，如影如形，美轮美奂，仰视众星拱月，璀璨文光惊射斗。

斗转星移，物换景新，世盛风清，民安国泰，山高水长，智者乐山，仁者乐水，龙山之爱，宜乎众矣！

有文无山不精神，有山无文俗了人。山有之，仙有之，水有之，龙有之，如此佳境，何不以文以记之为快哉！

龙山吟

黄天明

大美龙山景、长兴响古钟。龙泉群古樟、砥柱作栋梁。

寺下洗墨池、东坡墨香浓。苏黄弈棋去、松子落盘中。

东坡草堂上、岁寒友三枫。梅溪观卧佛、石林秀玲珑。

老虎跳山涧、天池会吟龙。南岭罗汉台、聆听佛经颂。

山顶落箭塘、吴王练武功。金凤池边隐、猫守鼠不动。

仙人拄杖来、石上留掌踪。鲤鱼跃龙门、洪兽入龙宫。

七仙沐浴池、戏水乐无穷。太子试剑石、关口迎客松。

石椅仙人坐、对棋太子龙。赤壁望夫岩、杜鹃映山红。

龙潭望瀑布、陶令诗吟诵。黄龙今安在、空遗石穴洞。

古柳卧神溪、井底观双龙。金鸡晨报晓、龙首汲霓虹。

布谷催春急、偶尔露峥嵘。奇石来天外、风光在险峰。

祈雨接龙桥、太平有遗风。天下第一山、桃园寻仙梦。

诗中嵌入景点：龙山、长兴寺、青龙泉、古樟树、洗墨池、二贤亭、东坡草堂、枫林三友、梅溪、卧佛、石林、老虎跳涧、天池、吟龙阁、罗汉台、落剑堂、栖风池、猫儿扑鼠、仙人拄杖、仙人掌、鲤鱼跃龙门、仙女池、试剑石、关口、迎客松、仙人下棋、赤壁、望夫岩、杜鹃山、青龙潭、瀑布、陶公亭、黄龙洞、龙柳卧波、神龙溪、金鸡报晓、龙首崖、虹塘、双龙井、布谷催春、飞来石、祈雨台、接龙桥、太平墩。

重修长兴寺记

　　龙山长兴寺始建于五代后唐明宗长兴四年（933），时僧人在莲花村龙山下结庐为寺，因明宗宰相来此隐居，削发为僧，故纪念明宗取名。此寺地处幕阜山余脉鄂州之南梁湖之滨，山中古木参天，翠竹成林，奇石名花，飞瀑流泉，松涛云海，四时如春。更兼人文景观之大成，周有三国吴王故城、五王寨、武昌观、关公祠、白衣庵。传说中仙人下棋、武昌毛人、吴王射箭、九狮戏球等相聚于此，晋陶渊明、宋苏东坡、黄庭坚等曾来此游历隐居、参禅，留下垂世诗联。慨乎史事不堪回首，历经千年兵乱靡变，长兴寺几度兴废，殿堂无存，惜哉！惜哉！斗转星移，物换景新，政通人和，众心所向，经政府批准，由大德居士张江华继龙山之绝唱，衍释迦之遗风，立无量之功德，独资率信众重修长兴寺，历经三年，华构落成，庄严雄伟，择盛世吉日开光庆典，正慈法师主持佛像开光仪式，诸山长老，高僧大德光临道场，盛况空前。从此梵音复兴，钟鼓相闻，法轮再转，福田广种，香客如云。花雨散处，悉成祥瑞，梵音远播，佛光普照，如来欢笑，妙相庄严，人天福田，额手同庆。谨记其事，功垂万世。

（2011年11月28日）

六、民俗风情　记忆乡愁

（一）婚嫁习俗

　　我国传统的婚嫁习俗，礼仪多，规矩严，程序复杂。其文化内涵也较为丰富。我国地大物博，传统婚嫁习俗因所处的时代和地区不同存在着一定的差异，各有特色。龙山周边地区传统婚嫁习俗具有本地的独特性。

　　据《武昌县志》载："婚礼，视门阀高下相伉俪。请期，有过茶礼，随贫富，备资妆合卺。次日，婿与新妇庙见。今俗有上头礼，盖笄礼也。娶妇之家，具首饰礼物必丰，女家奁具美备，动费千金……"

　　——说亲。传统上一般是凭父母之命、媒妁之言决定婚姻大事。因此，婚姻的第一环节就是托媒说亲。媒人是一桩婚事的撮合人，被称为"月老"或"大红叶"。旧时，也有个别定娃娃亲现象，或叫指腹为婚，就是两家的主妇都怀孕了，约定如若一家生男，另一家生女，则结为亲家。另一种定娃娃亲的情况是，女方家里人口多，为减轻家庭负担，从小就将小姑娘送给人家抱养，即童养媳（俗称"寒毛子媳妇"）。

　　——访亲。访亲是指婚姻的一方，对媒人介绍的情况进行再调查。访亲的重点是三个方面：一是家庭状况，包括家庭成员，特别是兄弟姐妹有多少，家庭的收入与负担，还有土地房屋等。二是家族声誉，包括家庭成员的职业道德与为人品质，左邻右舍的相处关系等。三是未来的女婿或媳妇的年龄、长相与文化修养等。

——定亲。经媒人介绍婚姻双方中意后，一般以男方为主在小范围内备一桌酒席，三五个至亲聚一起商谈定亲事宜，比如彩礼多少。事情定好以后，下请帖请客。传统请帖的格式是把一张红纸横裁四等份，通过几次对折成六折子的形式（称六合书），可顺手从前往后翻动阅读。请帖写好后，放在一个长方形的红漆礼盒中，外面包上红或黄的布袱，主家亲自或派人送至各处亲戚家，一般的三党亲戚都要请到，其余依次为舅家亲、姑家亲等。双方的庚帖（生辰八字）写好，酒席完后，互相交换，这就是婚书。给媒人封的红包，叫谢媒钱。之后就是专门将所需礼物用"担子"挑上送到女方家里，"担子"是用细丝竹篾精编而成，四面方正的篓盖，盖上去严丝合缝。盖篓的四个角上要贴红方纸，题上祝福语，如"朱陈结好，秦晋联姻"或"长庚千载，永定百年。"

——送日子。提亲、讨接、送日子，是龙山周边乡村婚嫁中的必经过程。当到谈婚论嫁年龄阶段，男方一般会主动托媒人，带上礼物去上女家的门，这叫认亲。两家孩子经过一段时间往来，男女双方熟悉了，有些感情了，这时候就会考虑提亲了，也就是选定婚期。选定婚期，龙山周边乡村旧时都习惯用老日子，如二月花朝、四月八、五月端午、腊八日、腊月二十四。新时代则多选重大节庆日，如三八节、五一节、国庆节。最后是到女方家送日子。

送日子是婚嫁中的一个十分重要环节，男方要给女方送去四色礼（鱼、肉、大米、鸡蛋）及女方提出来所需的衣料、被面、毛毯等。通常是用竹盖篓挑着，至少两副担子，并写上"欢传凤阁，喜报龙门""关雎衍庆，麟趾呈祥"等喜庆语。

——哭嫁。哭嫁从送日子的当天晚上开始，湾里婆婆妈妈、姑娘大姐都要来出嫁女家陪嫁，听出嫁女和母亲的哭功。其母亲哭诉的内容：一般是叹念女儿在家十几年辛苦，诉说帮助家庭出了哪些力、做了哪些事，以及父母对女儿有哪些亏欠，叹念女儿的伤心；同时还通过哭嫁这种方式，教导女儿嫁到婆家后不比像在娘家做姑娘那样任性，要注重礼节、守规矩，做一个好媳妇、好妻子。出嫁女哭的内容：主要是叹念父母抚养的艰辛，为女儿操了哪些心，受了多少罪的。哭就是诉说，她们一般都有条有段，有根有据，当看到母女哭得伤心，泪流满面，旁听的人往往也跟着抹眼泪，这就叫会哭。旧时一般从出嫁前的第三天开始，每晚都要哭嫁。特别是到了出嫁前一天晚上哭嫁更是热闹。女方的客人都要来送礼，女眷都是要来的，一是为送嫁，二也可以借此诉诉衷肠。久未会面的姑嫂、姐妹们到一起自然有很多话要说，借这次姑娘出嫁聚在一起的机会，好好诉诉衷肠，把她们在平时生活中的各种伤心与怨气，借这次哭嫁好好宣泄一下。这时，一般由出嫁女母亲提头，一个接一个的开始哭，首先是哭些姑娘出嫁的场面话，哭着哭着就慢慢哭到各自伤心事来了。出嫁女母亲在众人中间一坐，声情并茂、如诉如泣地哭。姐姐拉着妹妹哭，姑母抱着侄女哭，女儿挨着母亲哭，说不完的家长里短，诉不尽的苦楚衷肠。有的人甚至放声嚎啕大哭，使旁听的人纷纷落泪，不知不觉地加入哭的阵营中了，仿佛一场哭的比赛。

　　龙山周边地区，母亲哭嫁最经典的是哭唱《十劝》：

　　　　一劝女儿敬公婆，敬重公婆福禄多；

　　　　孝心感动天和地，女儿后来也做婆。

　　　　二劝女儿学贤良，守规依法第一桩；

　　　　年轻要学好榜样，莫让别人骂父母。

三劝女儿敬夫君，敬重夫君切莫分，

丈夫若是贫穷汉，切莫生出意外心。

四劝女儿家要和，丈夫面前莫说婆；

莫说公婆百无礼，还要自己礼性多。

五劝女儿有耐心，夫妇帮扶多提醒；

即使丈夫性子急，心平气和莫恼气。

六劝女儿里外和，没把小事内外拔；

大是大来小是小，一家和睦笑呵呵。

七劝女儿学正经，勤勤苦苦干事业；

起早睡晚要勤俭，不能好吃莫懒身。

八劝女儿讲真情，夫妻和睦天地宽；

丈夫如当亲兄弟，亲爱日后定荣华。

九劝女儿莫轻身，莫与旁人换了身；

夫妻好歹是同命，富贵贫贱莫忧怨。

十劝女儿明事理，为娘说话要听真；

女儿要听娘的话，时时刻刻记心间。

——整容。出嫁当天，迎亲酒开席时，整容娘要为姑娘化妆，这叫对席整容，点起男方拿来的大红龙凤蜡烛，由两个小女孩举着。整容娘先要给新姑娘扯脸，未出嫁的姑娘脸上颈上有细小的汗毛，这次整容娘用男方拿来的丝线，先绕几圈用右手卡在线中间，左手和口各牵一线头，顺次在姑娘的脸上、颈上来回搓线，绞住汗毛逐根拔起，这就叫"开脸"。再用男方拿来的煮热了的红鸡蛋，剥开来在脸上、颈上来回滚动，大概是用以滋润皮肤吧。这标志姑娘时代的结束，从此成为人妻的阶段。开脸时整容娘是要赏文的。如：扯前扯后，福禄丰厚，前滚全家得福，后滚六合同春，左滚金银财宝，右滚满堂儿孙。

——出嫁。厅堂上迎亲的酒宴结束，新姑娘的整容过程也完成，放鞭，铜锣喇叭响起，催上轿。上轿前，新娘母女及女眷们最后一次哭嫁。随后，一般由舅父或者长兄把姑娘抱上轿，姑娘这时脚上的新花鞋外面要套一双旧鞋，上轿后，脱在轿子下面的大门外，这是不把娘家的土带走。新郎亲自锁好轿门并收好钥匙。锁轿子这可能是原始社会抢亲时留下来的习俗，或是防着拒婚的姑娘出逃。新娘出门时，新郎到内室岳母跟前，跪在地上叩三个响头，并言请岳母放心。行完三送礼后，男方给女方送轿的人发红包，叫送轿礼，同时女方也给男方抬轿的人发红包，这叫稳轿礼。当地俗语说："谷子落地就是秧，女儿上轿就是娘。"所以在新娘后面行倒茶礼时，都要以未来孩子的名义向公婆敬茶。

——迎亲。喜期当日，男方就安排迎亲人员早早去女方搬取嫁妆。此时，按传统礼俗，还必须"抬杠"，抬杠是迎亲、祝寿等喜庆事所行的大礼。杠盒为一个长方形的三格箱式提梁物件，一个盒底，加三层盛物的长方斗，上面一个盖，两头有抬梁，用一根长木条或长竹篙穿起来抬，杠盒外面也有雕刻的花纹，红漆打底，金粉填花，大方庄重。里面装有四色礼和"上朝"用的胭脂、水粉等化妆品、整容烛、整容线、铜镜以及新娘头上戴的头饰等。铜镜两面，用来系在新娘的腰上，即为照妖镜，以避邪气。

搬嫁妆的人数，依女方的嫁妆多少而定。一行人赶到女方家，吃过早点，主家便发嫁妆。首先发主箱，每口箱子都有一把锁，抬到大门口逐一上锁，这时男方要给锁箱礼方能拿到钥匙，再发其它嫁妆，最后发的帐钩得给一个大的帐钩礼，因持帐钩的人一般是新娘的兄弟或子侄。至此，鞭炮一响，即起程，杠盒与主箱子，女方家会派人送一程，到村口再由男方的人接着。

——拜堂。牵轿娘把新人领进新房后，首先解下腰镜收好，接着分发新娘带来的云片糕，招待小朋友，最重要的是喝对拉酒，新郎新娘手拉手喝交杯酒。交杯酒也叫合卺酒。合卺始于周朝，为旧时夫妻结婚的一种仪式。仪式中把一个瓠瓜剖成两个瓢，而又以线连柄，新郎新娘各拿一瓢饮酒，同饮一卺，象征婚姻将两人连为一体，寓意夫妻和睦，白头到老。现代婚礼上，不再用卺来盛酒，但还是保留了喝交杯酒的仪式。按传统习俗，第二天早上新郎、新娘要到祖堂举行拜祖仪式，俗称拜堂。结婚拜堂礼仪式：早上新人梳洗完毕后，由亲友引导，赞礼主持来到祖堂行拜堂礼。祖堂红烛高烧，地上铺上毡子。新郎新娘升阶，迎祖宗香案前肃立，举行拜祖之礼——行三上香之礼！行三跪六拜九叩首之礼！然后，新郎新娘下阶行三拜之礼：一拜天地，二拜爹娘，三拜白头到老。

（二）农耕文化

《武昌县志》载："农事，土地脊确，人民淳厚，火耕水耨，以渔稻为业。县境所隶，水居其七，山二，土田一耳。灵溪、马迹乡多山，生齿繁，不足以供食，乃垦为地，螺旋而上，高下相承无少隙，播种番薯秫豆之类。土脉浮薄，稍旱则槁，骤雨则沙土俱下，溪涧日淤，春夏淫雨，乃有水患。两山之间，有平地垦为田，水寒土深，禾稼不茂。有旷野，大者十数里，称沃壤，春草生时，刈以肥其田……"

龙山地区处于长江中游，紧邻长江南岸。这里四季分明，雨水充沛，土壤肥沃，适宜于水稻、小麦、高粱、玉米、红苕和芝麻、棉花、苎麻、豆类等的种植。自古以来，人们在长期的劳动实践中积累了丰富的农耕经验，根据季节变化形成了传统的农耕习俗。

【春耕春播】

1. 整田。"惊蛰闻雷来似泥，春分有雨病人稀。月中但得逢三卯，棉花至麦定丰收。"惊蛰春分开始整理水田。此时在泥土内过冬的动物都慢慢出来了，晚上人们能听到动物和昆虫的叫声。俗话说"蛤蟆叫呱呱家家忙头耙。"这时，就要开始整理早秧田了，头年备耕时做的冬水田开春后是先用犁秒翻再耙。冻坷田是先耙后犁秒再耙，按程序操作将泥土耕作成烂泥后，用超耙把田边的泥撮起，糊塍培埂，水田就不漏水了。其它水田也和秧田一样按程序耕耘，全部要做到三道犁头四道耙。

2．催芽。清明、谷雨已到，农民就进入农忙阶段。"清明前后种瓜种豆"，谚语虽说"清明浸半种，谷雨下齐秧"，但还是要按当年的气候变化而定，一般是清明前三天或后四天浸种下秧。老式浸种催芽很复杂。传统的早季谷种有大粒早、团粒早，还有长粒早糯谷，每亩浸种二十斤左右，都是用茅包浸种催芽。首先将上下一样大的圆木桶放好，再将两根稻草交叉放入桶底，草要两端露出桶外，然后用收理好的齐草由桶底至上密密连接装制，再用稻草由底部起和桶内四围一层层垫实，中间留着窝穴，把谷种放进窝穴内将稻草逐层盖好，再把露出桶外的草两端和桶内四周的齐草辫紧拴牢，将茅包提出桶外用稻草把茅包周围由下至上层层箍紧即可。每包可装谷种三十斤左右，为了分清品种类型和谷种包件，必须在茅包上面系扎彩色布条作为标记。接着将茅包放入水中浸泡，再用三十至四十度左右温热水催芽。每天催芽一次，由上往下浇灌，浇至茅包底部流出热水为止，然后用稻草油布等盖紧保温，三天过后，谷子就发芽了。

3．播种。在催芽过程中的第二天必须把秧田做好。经过二犁四耙的秧田把水放干，留一薄皮水，再用犁拱秧田，由外向内转拱，秧田拱好后再挑泼一层大粪，用牛把田整平，整平后人工用糙扒将秧田四周涌泥由外向内扒，高低整理推平，然后用长梯压在秧田泥面上。用长绳系着长梯两端，人拉着绳子由外向内，向后退着走，使秧田像镜面一样平坦，后再把水放入田中沉淀浮泥。第二天准备下秧，下秧那天的早餐必须是鱼、肉等十大碗很丰盛的"下秧饭"。都说：吃饭下秧，粮食满仓。早晨起来就把秧田水排干，按谷类品种分厢。吃完早餐就开始下秧了，农民用簸子装满谷芽，按品种分厢撒播。播完后按厢拖一条条小沟，慢慢把秧田的水沥干，经过几天日晒后再根据秧田的干湿情况上水。每天白天上水晚上排水，经四至五天后秧苗有二至三片叶就可以收缺蓄水了，水深只需在秧苗叶杈下即可。秧苗生长二十天后就挑泼粪水接秧，使秧苗粗壮茂盛。早季一般满月就开始移栽。

清明时节，除了种好秧苗外，还要积极做好水田插秧，水田通过多次犁耙使田泥更溶烂，等待插田。除了栽苔秧、种棉花、芝麻、花生、黄豆、绿豆、豇豆、瓜菜类等，还要收苎麻。苎麻一年三收，即头麻见秧、二麻见糠，三麻见霜。苎麻是多年草本植物，茎皮含纤维质很多，可搓绳子，或用于织布。

4. 插田。"乡村四月闲人少，才了蚕桑又插田。"随着立夏、小满季节的来临，农民开秧门了，农民先将备好的水田里的水放干，形成合皮水。先用牛过犁，再用杪横杪将泥杪平，撒上麻饼，草皮灰等肥料。再竖杪，然后用杪杠由外向内将泥压平即可。

早季第一天插田便是农家"开秧门"。这一天家家户户喜气洋洋，劳动场面热火朝天。有些种田大户花钱请人插田并请锣鼓队，在田间地头敲锣打鼓唱插田歌，非常热闹。从扯秧，到插田，个个干劲冲天，争先恐后进度很快。开始是秧田扯秧，人坐在秧马上，躬着身，伸出两手握紧秧苗扯拉，两手扯满秧后合到一起，用一根齐草扎紧，称为一个"秧头"，然后把所有的秧头装入秧架内，用扁担挑起送往整理好的水田边，将秧头均匀抛入水田中，人工进行分拣栽插，每剪六至七根秧苗，三寸一棵，五寸一行为准，有的分裂力强的谷种按每第二至三根秧苗，四寸一棵，六寸一行的标准栽植。田插完后必须做好田间管理，随时掌握田内水的深浅和气温变化及秧苗生长情况。秧苗由活转青到发棵分裂时要及时除草、施肥和防虫防病等。

【夏收夏种】

1. 收、种旱地作物。栽田上岸割麦伸腰，又要进行收割油菜、大麦、小麦、蚕豆、豌豆和每个品种脱粒加工等农事。同时要将油菜籽榨油，小麦磨面粉，真是忙上加忙……小麦是农村主要食品之一，它制出的食品类型很多，如面条、油条、麻花、馒头、水饺皮等。立夏、小满千鱼产卵，是多雨季节，一般在端午前后，要趁着下雨天把苕插完，不然五月后雨量减少就难插了。农谚有"头八无雨，三八休，三八无雨，干到秋"之说。

2. 晚季育秧。播晚秧一般在夏至左右，新中国成立前，晚季都是本地晚、冬籼谷两个品种，浸种和催芽简单，气温高只需三浸三提即可。首先把谷种放水中浸泡二天，然后白天浸晚上提，称为三浸三提。一般都是旱季留下的红花草籽田做晚秧田，草籽田内的草籽莁通过耕耘，在高温水中密闭腐烂，它的肥效很高，在拱秧田时再挑泼一遍大粪就可以了。做晚秧田和下秧都同早季秧田一样。只是气温高要随时掌握晒田、灌水、追肥等田间管理工作。

3. 抢收。大暑节到农民开始夏收"双抢"了。首先把稻场碾光平、整结实，稻场旁边做一至二个圆形罗堆墩，用土填到八寸高即可。在割谷前先把稻谷田的水放干，但要看水源情况定谷田的水位深浅。夏收都是选择晴天割谷。大家拿着锋利的镰刀下田割谷，按顺序一行行收割，一排排在谷桩面上放好。一般天气晴好，白天晒排，晚上露一夜排，第二天上午割谷下午捆谷循环收割，通过高温晒排的稻谷禾及谷籽都较干，易于堆放。下午每家会拿着冲担、草开始捆谷，由一人掌捆，其他多人抱谷，把草缓放至田塍上牵直，再把稻谷一抱一抱地放在草缓上面，由掌捆人掌握多少再用力把稻合捆紧，一捆稻谷大概五十斤左右，沿着田塍四周捆放，每个田捆完后开始挑运。挑谷草头上肩也有技巧，双手拿着冲担的中间，左手向前将一头冲担尖插进稻捆缨口下，左手挽冲担，右手用力按冲担，翘起一捆谷草头，然后右手握紧冲担，将另一冲担尖插入另一稻谷捆缨下口，双手用力托起，借力上下连扬两下就可上肩。再挑运至稻场边放到罗堆墩上，由下至上一层层堆呈圆锥形，上大下小，上面再层叠檐尖，盖上稻草，八方拴紧压草长腰，使风吹不动，雨淋不湿。等双抢完后再在稻场用石磙碾打脱粒。一般一个小型罗堆可堆放五亩田的稻谷。双抢时首先要选好稻谷留种，必须选割先脱粒，谷种不能用石磙脱粒，只能用棍棒敲打脱粒，即拿一条长板凳把稻捆放在凳上，由一人掌捆，板凳下垫上晒席，两人分站两边各拿一根木棍一人一下不停地敲打，掌捆人将稻捆不停地转动，至稻谷全部脱尽为止。然后把谷种晒干储存，谷种的种类数量按耕种面积而定，同时用标签记载谷种名称，以免混杂。第二年春耕才能做到忙而不乱。

谷草头经过敲打脱粒后，开始收理齐草。将踩耙翻面倒放靠在长凳上，耙齿向上，双手握着敲打后的稻草在耙齿中由下至上梳理，将稻秆上的草衣剥掉处理干净，再把稻秆一把一把地扎紧晒干即可。稻秆专为系秧头，搓草绳，搁草纤之用。

4. 抢种。每割完一个稻田，把稻捆挑完后，及时用牛套上齿滚，人站在滚框上，赶动牛拉着齿滚拍打谷桩莞。先围田一圈由外向内，再横竖来回拍打，将谷桩拍入泥中，浅水闭烂二至三天，施上肥料，再用齿滚拍打一遍即可"斗苑"了，即栽晚秧田，俗话叫"斗苑"。每个田按规定抢割、耕耘、抢插，忙而不乱，一般大暑节前后完成抢割抢插。后段做好田间管理。俗语说，晚谷是个怪，三天西头晒。但必须根据禾苗生长情况而实施相应的管理程序，如晒田蓄水、薅田、中耕施肥、杀虫等。

5. 脱粒。双抢完成后，开始打罗堆，即早谷堆脱粒，把罗堆上盖的稻草揭开，抛下稻谷捆，铺满稻场，一排排谷籽向上，压盖前排禾秆，谷籽就全部露在稻场面上，然后用牛套具套上牛，钩住石磙框，赶着牛围圈滚碾，满稻场滚碾三遍后开始翻面，也叫翻杈，翻面后再打两遍滚，谷籽就脱粒干净了。接着用扬杈将脱粒的稻禾秆抖搂，将夹在稻禾中的谷籽料干净，然后将稻禾搂成草捆，把稻草捆放到稻场边层层堆放，用竹扫帚把谷籽面上的草穰清理干净，再在谷籽面上铺稻谷捆继续脱粒，一般脱粒两场后，用糙扒拉耙把脱好的谷粒拉拢，堆放稻场边，然后再铺稻谷捆继续脱粒。罗堆脱粒完后就进行整理，用掀莆、风扇把谷籽扬扇干净，晒干后入仓库储存，再把稻场上所有的稻草收拾干净，统一堆放稻场边上盖好，它是耕牛的冬季饲料，也是烧火煮饭的燃料。

脱完稻谷又要收剥苎麻，收割黄豆，摘绿豆、摘豇豆等农副产品，豆类脱粒是经太阳曝晒后用连杖拍打脱粒，整理好晒干收藏。黄豆是农村副食中主要产品，通过加工可制作的食品种类很多，如豆腐、千张皮子、腐乳、豆油、豆酱等美味佳品，是生活中不可缺少的副食产品，因为它用途广、产量高，所以收入多。夏收任务完成了，农民将新稻谷用碓舂出白米，第一次吃本年的新米谓之"吃新"，这天每家都办鸡鸭鱼肉十大碗很丰盛，名曰：见新不老，年年有余。

【秋收秋播】

1. 秋收。处暑前后气温慢慢开始下降，每家都要收割芝麻，把芝麻割回家分扎成小捆，交叉靠拢，竖着存放，等晒干后芝麻壳自动炸开，再将每捆朝下用木棍敲打，芝麻就会脱壳而出，经几次敲打后芝麻就脱粒干净，将芝麻籽晒干后送榨房榨油。芝麻出油很高，每斤芝麻可出油四两五左右，麻油很香且营养丰富。

棉花属高梗草本植物，一般春播秋收。它分枝率很高、叶呈掌形，果实像桃。棉花可纺织成线，用于制衣、制棉被等。种子可榨油，供生活食用，它有清热润肺之功能。棉花在春种时先要在耕耘好的土地上用锄头挖成一棵棵、一排排的小坑，把花籽拈入坑内，一笕二至三粒花籽，撒上农杂肥盖好土，等棉花苗出土长好后，每剪只留一根花苗，种植棉花要经常薅草除虫。农谚有"棉锄七次白如银"之说，管理得好棉桃就结得大而多，等棉桃开口露絮时采摘的棉花产量就越高。

花生在白露秋分前后收获，把花生挖回后，将花生果摘下晒干收藏，花生也是副食品之一，可制作成沙炒花生果、油炸花生米、木榨花生油等。

寒露霜降前后开始晚季稻秋收，晚季稻收割很快，一般都是先干田，再将晚谷割倒，排放谷桩上日晒夜露，二至三天后把晚谷捆挑至稻场上脱粒，整理干净晒干入库。晚米煮饭很香，带有韧糙性质，吃起来很爽口，而且味道十足。冬糯米和早籼米一样柔软韧糙，二者只是长粒与团粒之分。

晚季稻收割完后，也是忙于收剥苎麻和挖苕时期，把苕挖回家后洗净泥土就可食用和制成零食。苕是杂粮之一，有的农户每年收获四、五千斤，大部分用土窖储存保鲜，每天早餐煮熟食用，又甜又粉又香。小部分苕用水冲洗干净，用苕刨刨成苕片，用苕擦擦成苕丝，用刀剁成苕米晒干储存，日后慢慢食用。苕粉制作较为复杂，首光将洗干净的苕放到矿缺内磨擦成渣状，然后挂摇浆架，系好滤浆包，把苕渣用水化成糊状放入滤浆包内，摇动浆架，浆水就自动流至大缸内，苕渣冲滤二次即可，大缸内的苕浆经过沉淀二至三天后倒掉面上积水，下面就是苕粉。把它出缸晒干即成为粉状，可用来做苕粉肉、苕粉皮、苕线粉等美味食品。苕还可加工成苕干、苕角等零食。

2. 秋播。处暑荞麦白露菜，荞麦有两个品种，甜荞、苦荞，是草本植物，红梗绿叶白花、黑籽、白粉、黑粑（粑是将白荞粉用水调均放到锅内煎烤或用蒸笼蒸，荞粑蒸熟后就变成黑粑）。苦荞味苦，它具有降火功效。荞麦可以种植两季，早季三月播，五月前后收，晚季处暑种霜降前后收。

七月蚕，八月豌，九油十麦。秋收完后，还要抓紧各时间节点，播种蚕豆、豌豆、油菜、小麦等秋播植物。

【冬贮冬管】

备耕就是冬闲时为开春后的春耕春播做些准备工作。一是要做好水田旱地等备耕工作，同时做好耕牛越冬保护及田间管理，特别是塘、水库都要筑堤补漏，做好冬水田，迎接下年春耕；二是要做好为秋播植物施肥、保墒、清沟、排渍等管理工作。

1．积肥。农历十月底冬月初至第二年惊蛰前，农民忙于备耕。传统的农业没有化肥、农药，主要靠冬季除草防虫、烧灰积肥。将田地埂上柴草砍光铲尽，把杂草秸秆用火烧成灰，再用大粪同灰土调匀拍紧堆成小丘状，然后用稀泥把灰堆密封闭紧，作春耕之有机肥料，同时虫害没有杂草庇护都会冻死，既除虫又积肥。腊月中下旬，抽塘，捕鱼，挖塘泥。每个村湾都有当家水塘，多的有二至三口。水塘既方便洗衣、洗菜，还可养鱼。龙山周边村湾每当春节来临，都有打塘鱼办年的习俗。将水塘水用水车抽干，村民下塘捉鱼，集中起来再分到各户。分鱼后，青壮年劳力就开始下塘挖塘泥，将塘泥挑到塘埂堆放，待干后挑运至水田里，作为农家肥和自然肥。

2．做冬水田。备耕中除冬季已播种的田地外，剩余的田地都要进行一次翻耕。翻耕要掌握气候和水源情况。晚谷桩田按进九忙犁之规矩，有水源的做冬水田，水源差的做冻坂田。冻坂田半水半干，这样做有杀虫的作用。泥土冻泡后春耕易于耙细。晚谷桩田起坂大多数是从中间开犁，犁起来的土块由外向内扒倒，便于春耕由内向外过犁平整操作。做冬水田必须带水起坂、从田中间开犁，然后用耙把犁坷耙细耙平。晚季烂泥田用齿碌将晚谷桩拍入泥中，来回三遍，面上都是泥浆即可，凡属冬水田，由冬至春田内一定要保持水位不可断水。

3．备农具。在做好越冬备耕的同时，还要检查农耕用具，损坏的及时修理，整理好后用桐油将农具全部擦油保养好以备春耕使用。

大寒节前后是冰冻寒冷之最，须饲养好耕牛，晚上给牛垫上厚稻草，使牛睡着不冷。早晚让牛喝温热水。牛是农耕之本，必须好生爱护。

冬季虽冷，农民也不偷闲，坐在太阳底下打草缓或在堂屋大炉旁搓纤绳，用一把较大的木槌和木墩，把在脱粒时理好晒干一样长的稻齐草放在木墩上，再用木槌慢慢拍打，随时掌握轻重，捶打要有节奏，使稻草一根根变成丝状，然后人坐在长板凳上，将捶制好的稻齐草丝，用手理好挽至板模头前，将齐草丝进行扭搁，每扭动一下就在板凳上挽缠一下。扭至纤绳需要的长度为准。再将扭搁好的绳坯合二为一，这时必须由二人操作完成，前一人牵着绳坯两头，分左右捏紧，后一人撑握绳坯后兜，用右手握住右边绳坯，不停地向左边绳坯循环扭搁，前面的那个人随着后面的那个人的动向不停地转动，两人动作配合默契，一会儿工夫就能扭出一副结实的草纤绳来。麻纤绳同草纤绳用途一样，都是农耕套具其中之一。

（三）农村谚语

农谚是劳动人民在长期的农耕中得出的一种经验总结，它反映了传统农业的历史风貌，蕴含着一定的科学内涵，是一种民间文化。龙山地区有如下一些常用的农谚：

寒来暑往四季天，农耕文化有渊源，

日月轮回乾坤转，廿四节气话农谚。

春耕夏种遵时令，秋收冬藏顺自然，

世间百业农为本，风调雨顺乐丰年。

【夏九九歌】

夏至入头九，羽扇握在手；

二九一十八，脱帽穿罗纱；

三九二十七，出门汗直滴；

四九三十六，竹床露天宿；

五九四十五，炎秋似老虎；

六九五十四，乘凉进庙祠；

七九六十三，床头摸被单；

八九七十二，夜半盖夹被；

九九八十一，开柜穿棉衣。

【冬九九歌】

一九二九不出手；三九四九冰上走；

五九六九河看柳；七九河开八九燕来；

九九加一九，耕牛田间地头走。

注："夏九九"和"冬九九"生动形象地反映了日期与物候的关系。

【当地农业生产俗语】

1. 三百六十行，种田第一行。

2. 清明要晴，谷雨要淋。

3. 田荒穷一年，山荒穷一世。

4. 清明前后，种瓜种豆。

5. 春得一犁雨，秋收万担粮。

6. 春雷响，万物长。

7. 季节不等人，春日胜黄金。

8. 种在田里，收在天里。

9. 春天雨三场，秋后不缺粮。

10. 芒种不种，过后落空。

11. 一年土地勿脱空，拔出萝卜就种葱。

12. 春雨贵似油，多下农民愁。

13. 三月雨，贵似油；四月雨，好动锄。

14. 天上起了老鳞斑，明天晒谷不用翻。

15. 雨洒清明节，麦子豌豆满地结。

16. 早稻要抢，晚稻要养。

17. 铺上热得不能躺，田里只见庄稼长。

18. 夏至有雨三伏热，重阳无雨一冬晴。

19. 冬天铲去草，春来害虫少。

20. 春雨满街流，收麦累死牛。

21. 六月天连阴，遍地出黄金。

22. 立夏到小满，种啥也不晚。

23. 立夏到夏至，热必有暴雨。

24. 伏里无雨，谷里无米；伏里雨多，谷里米多。

25. 三伏要把透雨下，丘丘谷子压弯桠。

26. 伏里一天一暴，坐在家里收稻。

27. 秋禾夜雨强似粪，一场夜雨一场肥。

28. 立了秋，哪里下雨哪里收。

29. 立秋下雨万物收，处暑下雨万物丢。

30. 风静天热人又闷，有风有雨不用问。

31. 腊月大雪半尺厚，麦子还嫌"被"不够。

32. 麦苗盖上雪花被，来年枕着馍馍睡。

33. 大雪飞满天，来岁是丰年。

34. 冬雪是麦被，春雪烂麦根。

35. 一场冬雪一场财，一场春雪一场灾。

36. 有雨山戴帽，无雨云拦腰。

37. 泥鳅上下游，大雨在后头。

38. 春耕深一寸，可顶一遍粪。

39. 有雨天边亮，无雨顶上光。

40. 清明热得早，早稻一定好。

41. 四月不拿扇，急煞种田汉。

42. 因地制宜，合理密植。

43. 想要苞米结，除非叶搭叶。

44. 间苗要早，定苗要小。

45. 灌水有三看：看天，看地，看庄稼。

46. 雷打惊蛰后，低地好种豆。

47. 秋后棉花锄三遍，絮厚绒白粒饱满。

随着社会的进步，以及现代农耕科学技术的应用，传统的农耕模式和农器具已明显不适应农业现代化的要求。农业现代化和机械化不仅大大提高了生产力，也使农作物产量成倍增长，真正实现了旱涝保收、年年有余。而劳动人民用勤劳和智慧的双手创造的传统的农耕文化仍值得学习、传承和借鉴。

（四）传统节日

【小年祭灶】

《武昌县志》载："二十四曰，'小年'，扫舍宇，夜以饧团果饼祀灶神，曰'送司命'。"龙山地区每年腊月二十四这天又叫作"祭灶日"，人们保持有祭灶神的习俗。

小年祭灶神是传承自上古的习俗。上古时期的人们茹毛饮血，不会用火，吃生冷食物，一次偶然的雷击引燃了森林，使得早期人类得以保留最早的火种。火使人类文明得以迈入新时代。古代自然崇拜十分盛行，火自然无异于下凡的"神灵"，火即被古人人格化为火神祝融。后来人类发明了灶并用灶生火，"灶"与火密切相连，火神也逐渐与灶神的形象合二为一，并成为我国古代十分重要的民间神灵。又《淮南子》："炎帝作火，死而为灶。"故而还认为灶神即为炎帝，而这种说法也是因为"火"的出现。

灶神崇拜早在先秦时期便产生了，是民间"五祀"之一。西汉时期的《淮南万毕术》："灶神晦日归天，白人罪"，白就是报告的意思，灶神能够将他所观察到的民间善恶上报给上天，并请求上天对民间是非善恶进行审判。这项职责十分了不得，因为人们害怕灶神会向老天爷"打小报告"，使自己在新的一年里过得不安稳，从此灶神尽管还只是民间的一个小神，但其重要性却由于其具有打小报告的权力开始逐渐的超越其他神灵，占据了十分崇高的地位。民间在祭祀灶神的时候也往往会在灶神像两侧挂上"上天言好事，下界保平安"的对联。

东晋《搜神记》：汉宣帝时期，有一个名为阴子方的人为人十分孝顺，一年的腊月，阴子方在家做饭，突然看到了灶王神显灵，于是他便将家中黄羊宰杀后祭祀灶神，在新的一年里他果然事事畅通，生活幸福。这说明东晋时，已出现腊月里祭灶的行为了。

龙山周边地区小年这一天，人们会在厨房的中心位置摆放上灶王的画像，有的还会同时摆上灶王奶奶。在祭祀时，人们一般用麦芽糖做成糖瓜摆放在灶神前。据乾隆年间的《吴县志》："二十四拂尘祀灶，名送灶，用糯米粉团、糖饼，云灶神以是日上天言人过失，用此二物粘其口。"也就是说，用糖来祭祀灶王，是想要用黏黏的糖瓜将灶神的嘴巴黏住，以阻止其在玉帝面前打小报告。

祭灶神，是希望灶神保佑家里日子越过越好。因此人们在腊月二十四晚，将祭品奉供在灶台两旁，贴上"天上言好事，下界保平安"红纸对联。一般只是烧香、点"长明灯"、祷告即可。

【除　夕】

《武昌县志》载："除日，张春联于门，具酒馔，曰'年更饭'。盖以更漏未尽，即起而食也。除夕镂楮为钱，遍黏户牖，曰'封门钱'。满室张灯，通宵不减，具衣冠而拜，曰'辞年'。举家聚饮，曰'团年'。终夕不寐，曰'守岁'，亦曰'守祟'。"具体分别叙述如下：

吃年饭。农历每年最后的一天叫"除夕"，也称大年三十。岁末之日，除旧迎新，人们都用最大的努力把这天筹办得热闹隆重。这一天，离乡在外的成员一般都要赶回家与家人团聚，俗称"团年"。大年三十，每家都要办丰盛的宴席，老少必到，俗称"吃年饭"。饭前要放鞭炮，以示隆重庆祝"年饭"开始了，有的还要先祭祀神灵、祖先。吃年饭以长者为首列序入席，全家围桌而坐，开怀畅饮，共享天伦之乐。

贴春联和年画。大年三十还要张贴春联。有的在窗户、鸡笼、猪圈的门顶上贴上红纸条，写上"姜太公在此，诸神回避"等字样。如今的门神、门画已被体现新时代内容和形式的"年画"所代替。贴"福"字，本地有倒贴的习俗，有"福到了"之意。在门上贴一个"福"字，是祈愿新年多福吉祥之意。

守岁。"除夕"也叫"三十夜"。"除夕"之夜，要在堂屋香案上燃上两支蜡烛，点上香。门前挂上灯笼，每个房间都要点上灯，并一直要点到天明。"除夕"夜,还有的人在生活的必需品上放一根大蒜苗,说是消毒除晦气。"一夜连两岁,五更分两年。""除夕"的重要活动是"守岁"或"压岁",就是守住除夕之夜的时间,不愿意让它过去。既是对过去年岁的眷恋,也包含对新岁的期冀。守岁时要烧起火盆,一家人围坐在火盆周围,谈笑风生。长辈对晚辈还得发压岁钱,以资恭维和鼓励。守岁时,要认真总结过去一年的成绩,描绘新一年的规划与希望。明末清初宛平诗人王崇简还专门写了《守岁》诗:"夜久怜春逼,开樽不欲眠。今宵尚今岁,明日即明年。万古推迁夕,千门宴乐天。爆声听不断,远近凤城边。"

【元宵节】

因为正月为元月,正月十五日晚上升起的是新一年的第一轮圆月,而古代称夜为宵,因此叫正月十五为"元宵节",又称"上元节",民间俗称"月半"。梁子湖民间这天流传有"吃元宵"(吃汤圆)、张灯结彩的习俗,还备有丰盛的菜肴像过年一般隆重,处处彰显出盛况空前的节日气氛。

"张灯结彩""正月里来是新春,家家户户挂红灯。"元宵的活动,主要是围绕"灯"来进行的,"张灯""观灯""放灯""玩龙灯"等等,故又称"灯节"。

　　入夜后很热闹。有舞狮的，玩龙灯的，有踩高跷的，有行旱船的，还有猜灯谜的，锣鼓喧天，花灯各异，观灯人流如潮，气氛热烈，正是"谁家见月能闲坐，何处闻灯不看来。"

　　俗话说"吃了月半粑，各人种庄稼"，这也意味着从春节至元宵的新年节庆活动已经结束，各行各业要开始为新一年的劳作筹备。

【龙头节】

我国历朝历代都十分重视农业。古代皇帝被称为"真龙天子"，二月二日有皇帝扶犁的礼仪，故有"二月二，龙抬头"之说。因此，农历二月初二日，为传统的"龙头节"。

相传唐朝武则天称帝，惹怒了天上的玉帝，他命四海龙王三年不向人间降雨，从而使河塘干竭，庄稼枯死。老百姓因此被断了生路，管天河的玉龙，看见民间饿死人的惨景，十分同情民间疾苦，便违抗玉帝旨意，偷偷降了一场大雨。玉皇大帝闻讯，将玉龙打下凡间，压在一座大山下，并在山石上刻文："龙王降雨犯天规，当受人间千秋罪；要想重登灵霄阁，除非金豆开花时。"老百姓得知救星的遭遇，十分伤心，为挽救玉龙，用黄色玉米炒开花，用以作供品，跪着向天祈求。时间久了，玉皇大帝被百姓的虔诚所感动。在某年的二月二日这天，将玉龙召回天庭，继续给人间行云布雨，老百姓为了永远感念玉龙之恩，将二月二日玉龙抬头回天庭定为"龙头节"。龙山地区民间旧时则有爆玉米花、炸油条、吃面条等习俗。旧时还将龙头节这天视为新一年春耕生产正式启动日，故有"二月二，龙抬头，大家小户使耕牛"之谚。

【花朝节】

龙山地区民间都有过"花朝节"的习俗。民间传说，二月十五日为花王生日。这天，百花都要去朝拜花王（又称花神），故将这天称为"花朝节"，又说这天是"百花生日"。是日人们将红纸条系在花枝上，谓之替花挂红着彩，表示祝贺百花诞辰。为花挂红的习俗源于唐代武则天。武则天称帝后，在一个寒冷的冬天看到宫廷中的腊梅盛开，兴发写了一首催花诗"明朝游上苑，火速报春知，花须连夜发，莫待晓风吹"，并下旨命花卉都要依时开放，果然各种花果都承旨遵命。次日武则天去御花园赏花时，池中冰块融化，陡然变成初春光景。她十分高兴，命令宫人挂红绸悬以金牌表示奖励。

龙山周边乡村还有"闹花朝"的习俗。这天乡村常请戏班唱戏，或自己组织土剧团演戏，剧目一般是《桃花扇》《赵菜花游春》等才子佳人恋情戏。还兴此日成群结队去郊外春游娱乐，欣赏大自然的美好时光。在观赏百花时，年轻的姑娘们总喜欢采摘两三朵好看的野花带回家中，插在瓶子内放在窗台上欣赏。"花朝节"这天，有母亲用五彩线给女儿穿耳孔的习俗，以祈愿花神保佑姑娘长大成人后如花似玉。往往年轻男女选此日为婚期。

"花朝节"是百花的生日，人们认为这时节种花、移栽容易成活，故而各家都忙于在房前屋后或阳台栽花植树，美化环境。

【上巳节】

农历三月初三，为传统的"上巳节"。因为这天多逢地支巳月故名。传说古代帝王常于上巳节祭天。东汉时，朝廷曾下令天下百姓在这天洗涤污垢祭祀祖先。

旧时民间对"上巳节"很有讲究。是日士民并出于河渚、池溪畔奉祭，饮溪水，净脏腹，禳灾祸，祛病毒。在这天还要举行庙会活动。文人学子则多前往文庙祭拜圣人先哲，敬竭书圣遗像，雅兴浓者，则三五相邀，信步郊野，览青山，戏溪水，作诗赋，发幽情。而普通百姓，多为青年男女，则常于是日结伴至郊外踏青，沐浴融融春光，呼吸清新空气。有的还兴以溪水梳洗秀发，谓此可葆青春美貌，祛病除灾。梁子湖民间还将此日称作"荠菜节"。荠菜性味甘温，有清肝明目、利尿和祛湿的功效。用它煮鸡蛋吃，说是有治疗和预防眼病及其它疾病的作用。荠菜春天开白色小花，嫩株可作蔬菜。荠菜花虽素净，但好看，早有流传"三月三，荠菜赛灵丹，女人不插无钱用，女人一插粮满仓"之说。

三月三，古时有"祓禊"祭祀仪式。"祓"是除病气，"禊"是修洁净身。这一活动主要是为求子祭媒神。媒神是管理婚姻、生育之神。有求婚姻或求子者，每年的上巳节都要祭祀媒神。民间还有一种传说，有一条孝龙，每年三月三前后，要去看望他的母亲，凡是他经过之地，就有大暴风雨，要防孝龙经过时带来的恶劣影响，家家户户需将秤杆挂在大门旁，孝龙看见秤杆后，就绕道而行，只有如此才能防灾保平安。

随着时代的变更，上巳节的传统习俗在梁湖地区有些内容逐渐淡化，而踏青、荠菜煮蛋，这类习俗仍然盛行。

【端午节】

农历五月初五，是我国民间夏季最为重要的传统节日，名叫"端午节"或"重五节"。古代，"五"与"午"相通，因此，"端五"亦称为"端午""重五"。

过端午节时，早餐兴吃粽子、花糕、包子等食品。午餐则很丰盛，因为是日有女儿女婿送绿豆糕、粽子、蒲扇等节礼的习俗，必办家宴招待。其菜肴有凉拌黄瓜、大蒜烧黄鳝、雄黄酒，谓之"三黄"。苋菜也是不可缺少的应时菜，可净腹。俗传饮雄黄酒可祛瘟毒，有"饮了雄黄酒，百病都远走"之说。据说蛇虫最怕雄黄，神话故事《白蛇传》中，由蛇精变成的白娘子，就是在端午节喝了许仙的雄黄酒现原形的。有的人家还在房屋内外阴湿地方和角落喷洒雄黄酒，放雄黄烟炮以避蛇蝎出没。还有的为小孩做上雄黄香包挂在胸前，在脸上、小腿上涂擦点雄黄酒以示驱毒辟邪。

端午节这天家家户户兴插艾、挂菖蒲，燃雄黄蚊香、爆竹。艾是一种野生药材，特别芳香，晒干后点燃可驱蚊去毒，故是日人们都要将鲜艾插于门上。唐末黄巢起义时正值五月五日，见到一妇人逃难，怀中抱着一个五六岁的孩子，手中还拉着一个两三岁的孩子，黄巢问妇人为什么抱着大的而拉着小的，妇人回答说："黄巢要来将全城人杀光，我们只得外逃，拉的是我自己的孩子，抱的是人家的孩子。因为他的大人都不在了，我只得带着出逃，宁愿自己的孩子受罪，不能苦了邻居留下的这根独苗。"黄巢听后很受感动，对妇人说："我就是黄巢，我只杀贪官污吏土豪劣绅，决不杀贫苦百姓。"当即在路边扯下一把艾蒿说："大嫂，回去传话于百姓，都在门上插枝艾蒿为记，我军定会保护。"后来，穷人都受到保护，还分得了粮食。从此，端午节就有了插艾蒿的习俗。

民间是日不仅插艾，还贴"五符"。人们将张天师端午符（又叫五符子）贴于门上，另在堂屋正中壁上悬挂钟馗捉鬼图，谓此可驱邪降妖，免灾保安。此外，还在端午节这天举行龙舟竞渡活动，锣鼓声、呼喊声相杂，观者甚众。而今端午节是普遍盛行的一个传统节日，吃粽子，悬艾叶，挂菖蒲习俗相沿盛行。

【中秋节】

"中秋节"是中国传统的佳节之一。农历七、八、九三个月是一年四季中的秋季，八月是秋季中间的一个月。八月十五又是八月中间的一天，天秋恰半，秋季正中。所以将八月十五谓之"中秋节"，又称"仲秋节"。

人们对中秋节十分讲究，节日这一天公路上人来车往都忙着过节。过节的礼物，当然是名贵"月饼"了。有的人除了月饼外，还加一提"桂花酒。"这样饮桂花酒赏月，其意更贴切了。女儿女婿的节礼更重，为了尽孝道如今还加送红包。娘家这天已准备好了中午一餐丰盛的酒席视为团圆。吃完午饭后，要将鸡蛋或其它礼物给女儿女婿带回家作为回赠。

这天旧时还有"摸瓜"和"摸秋"的习俗。旧时婚久不育的妇女，托人去园中偷瓜，暗自送到自己床上，寓意可得贵子。还有的在这天晚上，趁着月光到别人的田地里去偷摘瓜果，这叫"摸秋"。这天偷者不算偷，被偷者不生气，所以在八月十五日之前，各家要将成熟的瓜果之类的蔬菜抢摘回家，此习俗在20世纪80年代前还流行，后逐渐消失。

晚上，家家在月下摆好桌椅，放上月饼及时鲜水果。有的人家用桂花酒，有的烧好茶，准备齐全，待明月高升，一家人围桌而坐，边赏月边畅谈家事、国事。希望国泰民安，家家户户能像十五的月亮一样圆满美好。尤其是在这天晚上，若有亲人在异地他乡，不能回家相聚，家中亲人会点香对月敬拜，以寄托对亲人的思念，祈祷早日团圆。

【重阳节】

农历九月九日，是我国古老的传统节日——"重阳节"。据《易经》云："以阳爻为九。"将九定为阳，九九相重，故称"重九"，又将此日称为"重九节"。据三国时魏文帝曹丕《九日与钟繇书》说："岁往今来，忽复九月九日。九为阳数，而日月并应，俗嘉其名。"日月并阳，两阳相逢，故将九月九日称为："重阳"。重阳一词，至少在战国时代就出现了。但以重阳为节，是汉代才开始的，有悠久历史的中华民族，给这个节日赋予了丰富多彩的内容，并世代沿袭相传。

"重阳节"是敬重老人的节日，故梁子湖民间将这天称作"老人节"。是日士民并出，登高举野宴，佩戴茱萸。茱萸是一种药材，春开紫色花，秋结紫黑色果，性味酸涩，能温补肝肾，固精止汗，故唐诗人王维在《九月九寄山东兄弟》道："独在异乡为异客，每逢佳节倍思亲，遥知兄弟登高处，遍插茱萸少一人"便是史据。兴饮菊花酒，以祈长寿。旧时梁子湖四乡农村，亦有在这天选出村镇中九名年纪较高，且德高望重的老人，聚会一起曰"九老会"。待九老聚齐后，先请老人漫步登高，做避灾健身游，然后再恭请九老按年纪大小为序坐定，奉献蒸面、菊花酒，此寓老人日后身骨硬朗健康长寿。餐饮为村镇户家捐赠，以此表达敬老爱老之心。自此日后，若邻里家族发生纠纷，当尊九老劝解。城里人家在"重阳节"这天多请老人吃长寿面，搀扶老人于户外散步。身骨较强健者常信步高山以登高望远。现今政府号召有关机关、团体举行敬老座谈会或文艺汇演慰问老人。是日，一些文人学士则多日作"以文会友"活动，赏菊花、饮菊花酒、品菊花蟹、吟菊诗、作菊赋。正如唐代诗人杜甫《吟菊》诗句中的一样，"菊花知我心，九月九日开，客人知我意，重阳一同来。"

【腊八节】

腊月初八吃"腊八粥"的习俗在梁子湖的龙山周边地区可谓人人皆知。据传说，明朝皇帝朱元璋儿时给财主放牛时，有一次牵牛过桥，牛的腿被摔断了。财主一气之下，把朱元璋关起来，还惩罚他三天不准吃饭。朱元璋挨饿到了第三天，实在忍不住了，想抓一只老鼠充饥。他在屋里东走走，西看看，终于找到了一个鼠洞，他忙伸手往鼠洞里一抓，虽然没有抓到老鼠，却发现里面有许多老鼠搬来的大米、苞谷、豆子、枣子等食物。朱元璋高兴极了，偷偷用这些食物合煮了一锅粥，不仅填饱了肚子，还觉得美味可口。

后来他当了皇帝，山珍海味吃厌了，便叫御膳房用五谷杂粮熬粥吃，边吃边赞好。这天正好是腊月初八，朱元璋高兴之中，将所吃的粥，赐名为"腊八粥"。从此，大小官员跟着吃，传到了民间，老百姓也跟着吃。后来民间将腊月初八这一天定为"腊八节"，人人都吃"腊八粥"。

龙山周边乡村每年在腊八之前，人们都要准备好八样杂粮，现在随着生活条件的提高，在八样中，大家还选择有营养的滋补品种，如：核桃仁、红枣、葡萄干、花生米、红豇豆等熬粥，根据各人喜爱选择搭配。因此，每年冬月一过，大人小孩都渴望腊月初八这一天能早点到来，饱餐一顿"腊八粥"的美食风味。

（五）礼仪文化

习俗礼仪是人们生活和社会交往中约定俗成的，人们可以根据一定的礼仪规范，正确把握交往尺度，合理地处理好人与人的关系。日常所行之礼，称作"常礼""礼俗"，也叫生活礼。龙山地区民间非常重视日常礼仪，对待人处事讲究礼仪者，俗称作"懂事"。

【相见之礼】

【揖让】旧时宾主相见的礼节。揖让之礼按尊卑分为三种，称为三揖：一为土揖，专用于没有婚姻关系的异姓，行礼时推手微向下；二为时揖，专用于有婚姻关系的异姓，行礼时推手平而置于前；三为天揖，专用于同姓宾客，行礼时推手微向上。一指禅让，即让位于比自己更贤能的人。

【长揖】拱手高举，自上而下。一种不分尊卑的相见礼。

【拱】两手在胸前相合表示敬意。一种相见礼。

【顿首】俗称叩头。行礼时，头碰地即起。因其头接触地面时间短暂，故称顿首。通常用于下对上及平辈间的敬礼。一般是民间的拜贺、拜望、拜别等。

【稽首】行礼时，施礼者屈膝跪地，左手按右手，拱手于地，头也缓缓至于地。头至地须停留一段时间，手在膝前，头在手后。这是九拜中最隆重的拜礼。古代常为臣子拜见君王时所用。在民间常用于子拜父、拜天拜神、新婚夫妇拜天地父母、拜祖拜庙、拜师、拜墓等。

【座次】古人尚右，以右为尊。旧时建筑通常是堂室结构，前堂后室。在堂上举行的礼节活动是南向为尊。室东西长而南北窄，因此室内最尊的座次是坐西面东，其次是坐北向南，再次是坐南面北，最卑是坐东面西。

【来往之礼】

亲戚、朋友之间相互来往的礼节，龙山周边民间俗称"走亲戚，看朋友。"

走亲访友，一般会携带礼物，忌空手前往。所带礼物，视情况而定，逢年过节较讲究。走亲戚看朋友一般在上午，忌下午或晚上。

宾客来访，主人会立即停下所干事务，热情地上前迎接，接过客人手中物品，让来宾客行于前，主人跟于后。宾客离开时，一般会返赠物品，这叫"回礼"。

【贺吊之礼】

凡遇红白事，亲戚、邻里、朋友都要送礼，大家称之"送礼"或"随份儿"。礼仪轻重，视亲疏程度和经济状况而定。如，对丧事的送礼，轻者手携香纸烛，到灵前吊唁；重者送纸扎，或者送花圈、挽幛等。主家收了礼物，则设宴招待送礼者。

【恭让之礼】

在日常生活中，人们往往遵循长幼有序，尊老敬长的礼仪。幼对老者，坐遇让座，行遇让路，同行长者在前，乘车长者先上，入席长者上座。龙山周边的人们以恭让为美德，和为贵，忍为高。若因事产生纠纷，多由德高望重的长者出面协调解决；孩子之间闹矛盾，家长首先管教自己的孩子，然后问清因由，再行调解。如自家孩子理亏，还要带领孩子去给对方道歉。

【就餐之礼】

——家人就餐。一家人平常就餐时；先要请长辈上坐，然后依大小就座。盛饭先盛长辈，然后将适合老人胃口的菜肴先夹到老人碗里，其次是关爱晚辈及年幼子女。"尊老爱幼"是龙山周边地区的传统美德。

——做客就餐。做客就餐时，根据主人安排，坐适当的位置，注意在夹菜时不要碰到邻座或将菜洒落于桌面，不可对饭菜的数量与质量评头品足。如有酒水，先敬长辈或年长者。放下碗筷后，不要一个人先下座位，可用饭碗倒碗水，或倒杯茶慢饮，等别人吃好后一同散席。用筷也有一定的讲究，一是忌叉筷：筷子不可以一横一竖摆放，不能大小头颠倒，要摆在碗的旁边。如主人将筷摆放在碗上，是对客人不礼貌；客人将筷子平放在碗口上，是对主人的不满。二是忌插筷：不能将筷插在饭碗之中，这是不吉利的，只有供祭逝者时才能如此。三是忌舞筷：不要把筷子当道具，边讲话边乱舞，或用筷子指点对方交谈。

（六）民歌、民谣

十送情郎

一送情哥一里亭，一里亭上说私情。

回家娶个美娇妻，父母双亲要孝敬。

叔伯兄弟要和气，酒肉朋友不轻信。

赌馆里面勿要去，是非场中勿要留。

吾劝郎君是好意，千万别负我的心。

送郎送到二里亭，二里亭上说私情。

郎君回家快成亲，和和美美过光阴。

娘亲怀你十个月，过条门槛过重山。

自幼乳哺娘辛苦，长大读书懂孝顺。

你若不把二老敬，日后儿孙照样行。

送郎送到三里亭，三里亭上说私情。

知心着意同郎说，一人犹要自小心。

冷汤冷水勿要喝，热身脱衣要伤身。

乱坟岗边不要停，妖魔鬼怪会迷人。

自己身体自保重，自己有病自当心。

送郎送到四里亭，四里亭上说私情。

本族兄弟要和睦，免得落单被人欺。

打虎需要亲兄弟，上阵还得父子兵。

昔日有个杨家将，出兵打仗一同行。

兄弟竭力石成玉，父子同心土变金。

送郎送到五里亭，五里亭上说私情。

吾劝郎君快成亲，娶妻总要看分明。

眉清目秀贤良女，挺胸高奶克夫君。

讨个新妇比我好，福禄双全多子孙。

夫妻恩爱同到老，早生贵子奴放心。

送郎送到六里亭，六里亭上说私情。

吾劝情哥勿赌钱，骨牌骰子别专心。

赢了铜钿胡乱花，输光铜钿苦自身。

多交朋友多义气，赌桌周围无人情。

有钱之时人敬你，无钱之时谁理君。

送郎送到七里亭，七里亭上说私情。

劝郎莫爱他人妻，披星戴月风霜侵。

野花虽香勿要采，石上种粮不生根。

四季衣服由你做，油盐柴米你当心。

别怪奴的闲话多，字字句句为郎君。

送郎送到八里亭，八里亭上说私情。

劝郎结交好朋友，不可相识薄义人。

吃喝朋友朝朝来，急难之时无一人。

可知桃园三结义，刘郎关张好亲近。

同心同德创大业，犹如同胞一娘生。

送郎送到九里亭，九里亭上说私情。

别家闲事休要管，是非场中要当心。

邻舍口角要劝解，不要怕事闭了门。

若是小人来争吵，快拉孩子转家门。

大人相骂难得好，小人仍旧一同行。

送郎送到十里亭，若要再送我不能。

劝郎谨记一件事，回家娶妻莫恋情。

世间万恶淫为首，从来百善孝为先。

吾劝郎君是好话，时时刻刻记在心。

送君千里总要分，奴别情哥独自行。

十劝郎

一劝情郎哥，多多习文章，一举登上龙凤榜，四海把名扬。

倘若考中了，莫当马头照，吹吹打打好热闹，不忘奴娇娇。

二劝情郎哥，切莫做词状，羊毛笔儿三寸长，是杆杀人枪。

黑墨不要紧，落纸就生根，宁可救人不害人，留下活人情。

三劝情郎哥，性子莫刚强，打死人了要命偿，切记要忍让。

假如打伤人，抓进府衙门，三十大板九十棍，王法不留情。

四劝情郎哥，男儿走四方，漂流浪荡在外头，切莫进艳坊。

世上有妖精，几个有良心，花言巧语假殷勤，财亲义不亲。

五劝情郎哥，弟兄有商量，和和气气度日光，多多做田庄。

劝郎多种田，做在人家前，起早摸黑莫贪玩，一年当几年。

六劝情郎哥，莫进赌博场，十个赌博九个光，输得田地荒。

劝郎莫赌博，免得把家破，莫怪奴家不会说，免得受折磨。

七劝情郎哥，莫把酒来贪，多喝三杯发癫狂，做事不稳当。

倘若喝高了，惹下祸事多，酒色从来是把刀，性命都难保。

八劝情郎哥，家务你执掌，切莫大升小斗量，生下黑心肠。

如若不相信，眼前有报应，远折儿孙近折身，无神却有神。

九劝情郎哥，夫妻有商量，和和气气度日光，地久与天长。

夫妻两个人，莫生两样心，要叫儿孙莫忘本，忘本不是人。

十劝情郎哥，孝顺爹和娘，要给儿孙树榜样，儿孙照样行。

十劝都劝尽，皆是掏心言，啰嗦这些给郎听，望你记在心。

月亮走，我也走

月亮走，我也走，我跟月亮回家转。

一回回到村湾口，看见弟弟在逗狗，

狗儿叫，弟弟笑。喊上弟弟一起走，

一路小跑被狗撵，一气跑回家门口。

首先父亲出来了，看见狗追一声吼，

狗儿吓得掉头走。这时妈妈出来了，

心疼抚摸我们脸，小孩不能在外野。

月亮走，我也走，尽快回家才保险。

迎新年

二十三，扫扬尘；二十四，祭灶神：

二十五，打豆腐；二十六，办鱼肉；

二十七，年办齐；二十八，杀鸡鸭；

二十九，家家有；三十夜，迎新年。

驮背驮，见外婆

驮背驮，见外婆。哥哥背着我，我在哥背上，我说花草香，哥说别啰嗦，前面有条河，赶快脱赤脚。

驮背驮，见外婆。哥哥背我过了河，外婆河边洗衣裳。我们喊外婆，外婆笑笑呵呵。

驮背驮，见外婆。跟着外婆进家门，闻到厨房香喷喷，清蒸鱼红烧肉，还有大钵土鸡汤。

红薯谣

提起农作物，历代重五谷。

古今众骚客，作文竞诗赋。

多见五谷赞，罕有歌红薯。

人类贵贱分，作物别亲疏？

权宦逐奢华，山珍海味厨。

农家嫌麻烦，日渐怠慢薯。

市场日渐稀，价钱超菜蔬。

人早忘薯佳，且听我鼓呼。

原产吕宋地，明朝传中土。

徐光启推广，渐成民食物。

遂扎华夏根，丰富我食谱。

红薯怎种植，听我慢慢述。

惊蛰地气动，万物皆复苏。

地上掘平坑，深则一尺度。

薯种竖一层，上撒泥粪土。

一天两洒水，水分要富足。

四十天左右，薯苗能长出。

棵连棵稠密，颜色碧玉绿。

采苗须剪根，种栽四月初。

掘浅坑五寸，插苗要牢固。

浇下适量水，洇透方封土。

株距应一尺，行距需尺五。

待到秋风凉，薯藤遮地亩。

满地翡翠叶，蚂蚱蝈蝈呼。

九月酷霜降，叶老红薯熟。

叶可当菜用，藤可喂六畜。

一窝五六斤，籽有七八数。

形态有异趣，画家难绘图。

长形萝卜样，圆形似葫芦。

弯者如钩月，小者拇指粗。

丰收逾万斤，歉产也吨足。

生吃似梨脆，汁多营养富。

蒸熟味更美，可口赛禽肉。

烧吃别风味，油炸更香酥。

刨片似薄玉，磨面白乎乎。

可作面条吃，也可喝糊糊。

蒸成窝窝头，能佐餐不足。

生薯若作粉，粉条长年储。

制作凉粉汤，年节敬宗祖。

创业门路广，农家打工出。

红薯日渐稀，我念旧情足。

营养学家论，红薯营养殊。

有果蔬健胃，更可通便毒。

含有镁元素，常食血病除。

维生素C多，养颜又护肤。

难于仔细说，限于诗篇幅。

值得提一笔，灾年救命物。

几年大灾荒，全赖薯家族。

若无薯养命，空对天地哭。

莫笑词意浅，唤君忆红薯。

莫谓薯寻常，功劳压五谷。

七、依山傍水　笔韵乡邻

（一）周边历史古镇（街）

【区府驻地——太和镇】

龙山之北约3千米为太和镇，是梁子湖区辖镇，区府驻地。1949年设太和乡，1975年改公社，1984年建镇。面积84平方公里，人口5万。铁（山）贺（胜桥）公路从镇中穿过。辖柯畈、新陈、新屋、谢培、上洪、金坊、朝英、马龙、陈太、子坛、莲花贺、莲花黄、狮子口、胡进、吴伯浩、邱山、东边朱、牛石、谢埠、农科、新建21个村委会和太和居委会。

太和镇最早称快活岭，因古驿道经过此岭，并置驿站亭，至清代便改名太和岭，并置市，1935年改置太和镇，成为当地基层政治、文化、经济中心。

太和镇地域历史悠久。新石器时代，就有先民在此活动。西周时，楚王熊红就在其西30余公里处所西畈筑鄂王城。三国时，吴王孙权曾游猎于此，并移民到此垦荒种植。西晋时，建有青峰古刹，经唐、宋、元历代名僧大师到此讲经说法，烟火鼎盛。明代，太祖朱元璋慕名游古寺，吟诗题匾。文人骚客趋之若鹜，南来北往的商贾游客如织，促进了太和古镇的形成和商贸的繁荣。

据有关史料记载，新石器时代至明清之际，太和镇区域一直有人类在大城垴、三墩子垴这一带活动。

西周时，熊红曾从这里经过，到金牛的西畈建鄂王城。

秦始皇二十六年（前221），梁子湖地区天下太平，境内依山傍水大兴土木，村村寨寨楚式建筑拔地而起，境内的紫檀、谢埠、牛石、金圻、快活岭、东井等小集镇基本形成。

秦汉时期，此地域属鄂县。

东汉末年，群雄纷争，天下大乱，孙氏集团乘机于江东崛起。建安24年，吴王孙权将政治中心迁至鄂县（今鄂州市）。吴王孙权建都后，四处考察鄂县风土人情，一天来到离县城120里地的太和武昌山。因孙权想"以武而昌"雄霸天下，遂改鄂县为武昌县，将武昌山改为吴王山。孙权定都武昌后，还从武昌修一条大道直通吴王山，并在吴王山上筑城，修建楼台亭阁，建避暑宫。当时，吴王山便成为孙权讲武、修文、避暑、宴饮、郊游之所。229年，孙权迁都建业后，武昌仍为陪都，委派大将军陆逊辅佐太子孙登留守武昌，太子经常到吴王山避暑和狩猎。

晋、南朝、齐、梁、陈属鄂县。

隋、唐、五代十国、宋、元、明、清属武昌县。

——梁子湖地区自五代十国起，就有里湖四乡之说，即灵溪乡、马迹乡、贤庚乡、符石乡，编为22里，太和镇为符石乡符二里。

——明洪武年间，另置梁子里、金牛镇，编户23里。

——清康熙年间，改里为图，仍为23图、1镇。

——清嘉庆年间，新增二镇（梁子镇头、涂家垴镇）、二街（长岭街、谢埠街）、二市（盘槎市、太和岭市）。

——民国初年，太和镇仍属符石乡符二里。

——1932年属第三区沼南联保第三保。

——1935年为太和镇属第四区。

——1942年，太和镇属金牛署符信乡。

——1946年，符信乡直属县，太和镇仍属符信乡。

1949至1950年，太和镇属梁子区，为太和乡。

1951年，属太和区，为紫坛乡。

1957年，为太和指导组。

……

太和镇交通便利，辐射面广。西面依托梁子湖水上交通，北通省城武汉，入江夏；东下樊川入江畅达四方；西南顺金牛港可达咸宁、通山；南面的古驿道是大冶、黄石、阳新入省城的通衢。民国年间，铁贺公路开通后，陆路交通更为畅达，有利于人们往来、商贾南来北往交易。

太和人民具有光荣的革命传统。土地革命战争时期，太和地区是湘鄂赣苏区的重要组成部分，该镇人民积极成立农民协会，同反动势力作斗争。大革命时期，太和镇人民纷纷参加红军，同国民党反动派作战。抗日战争时期，该镇人民纷纷拿起刀枪，参军参战，沉重地打击了侵华日军。解放战争时期，太和人民积极组织支前队，为南下解放军大部队修桥筑路、运米送柴，做出了可歌可泣的贡献。

太和镇民风淳朴、善良、勤劳、勇敢，非常注重教育，认真培养子孙，在这片山灵水秀的土地上，孕育出许多优秀人才。同时，他们也创造了厚重的历史文化，为后世留下了一大批宝贵的精神财富和文化景观。

据光绪《武昌县志》载："太和岭市廛数十户。"1934年，铁（铁山）贺（贺胜桥）公路建成通车后，公路依太和镇西边而过，方便的交通使街市逐步繁荣起来。

到新中国建立初期，太和镇街市已具规模，街市布局为十字形。北段称为北街头，150余米；南段称为南街头，100余米；西段称为上街头，200

余米；东段为下街头，100余米。由于街道都不长，中间都无巷子隔开，最繁荣热闹处是两条主街道交叉处。当时，太和镇街市规模不大。镇南头有商铺作坊20家、北街头22家、西街头22家、东街头19家，共计83家。南街头一般是邓姓人家开的铺店和作坊。其中有如下老字号店铺、作坊：

——春茂和杂货铺。春茂和杂货铺由陈炳坤于1941年开办。主营杂货，有三开间的商铺。1956年参加公私合营。

——天吉商铺。商铺老板邓奖成，在南街头有6个店铺兼作坊，开办于清末民初，主营杂货、糕饼坊、槽坊、抱坊等，请有雇工20余人，新中国成立后停办。

——万顺杂货铺。由熊万顺于1947年开办，经营杂货、兼职开渔行、槽坊、抱坊和米行。有三幢砖木结构的房屋，常年请有7至8人帮工。1956年参加公私合营。

——邓舜阶杂货铺。由太和镇邓家湾邓舜阶于清代中叶创办。坐落在南街头中段，主营杂货，当时太和街只有三家店家，其店铺为茅草房。到解放时才建有两间砖木结构房。该店1956年停办。

——汉香烟作坊。由陈汉香于民国初年开办。在北街头，主要加工水烟丝，兼营杂货。作坊请4人，1人清烟叶，1人打杂将烟叶压成捆，2人专门刨。加工时非常讲究质量，要求刨得细、匀，不以劣充优，因此销路很好。后由其子陈子美继承家业。1956年停办，财产被政府没收。1982年落实政策时，政府赔款7600元。

——德沅祥糕饼坊。由余家咀人胡德沅于民国初年开办，新中国成立后停办。

——原盛祥槽坊。由陈道魁于民国时期开办，兼营杂货。

——邓记铜匠铺。邓记铜匠铺不在太和镇街市上，而在半里之外的青峰山脚下邓家。邓记铜匠铺是砖木结构，墙四周脚下，砌有0.8米高的白麻石，石上砌的是青砖。四周屋檐用青瓦做成卷草形纹图脊式。西面高高的马头墙下有一扇门，门前为轩式架结构，呈船篷杆状。枋、梁、驼上都有镂空花纹。该铺坐北朝南，为"凹"字形平面组合，大门开在南面，面宽13米，进深7.5米。大门框和门槛为茶色青石，门顶上有一块用白麻石磨打成的石坊，上雕有"狮子戏球""双凤朝阳"等图案。大门顶上有轩顶式门罩，梁驼、枋、雀替、斜撑、平盘斗、位柱等构件都雕有花、草、鸟、兽图案，是典型的明清建筑艺术风格。厅堂里虽看不到当时豪华景象，但传说四壁墙都是用银粉装饰的，那穿斗式的梁果上都有工艺精巧的浮雕，呈新月状的"冬瓜梁"双手难合抱。挑梁的出头部分，都雕刻成象头状，形态逼真，令人惊叹不已。邓记铜匠铺的第二代主人叫邓柏志，清代乾隆年间继承父业。由于他为人忠厚、守信，不论给别人制作任何铜器，都能精心打制，按质、按价、按时交货，因此，生意做得十分红火，家业蒸蒸日上。

【历史商埠——谢埠街】

谢埠位于龙山、虎山西北麓，处在谢埠河与高桥河交汇处。东距大冶茗山3公里，南与金牛镇接壤，北与太和岭相邻，西依高桥河与公友相望，省道314公路穿过全境。谢埠因地处两水交汇处，水运方便，又是梁子湖地区通往大冶灵乡的驿道必经之处，自古以来就是"商贾骈集、货财辐辏、店铺鳞次、帆樯云集"的商埠。

在古代运输完全依赖水运的时期，谢埠有着得天独厚的地位。湘东和赣西北等山区及武昌县境内的崇阳、通山、咸宁及西畈、金牛、灵乡等地的竹木、桐油、土纸、鞭炮以及土产山货、铜、铁矿等物产可以经谢埠上船，入梁子湖，出90里长港销往外地，而依江大中城市的百货、布匹、食盐、窖货等日用品，也方便从这里起岸销往山里各处。故商贾云集，人流不断，有利于古镇的形成、商贸的繁荣昌盛。

"埠"字，据词典解释为"停船的码头，靠近水的地方。"谢埠，因高河港由西南向北依境流过，在与谢埠河港交汇处有谢姓人设有码头，所以就有谢埠的名称。

据史料记载：

——新石器时代至明清时期，谢埠就有人类在离谢埠街100米的金盆垴这一带活动。

——西周时，鄂王熊红曾从这里经过到金牛建鄂王城。秦始皇26年（前221年），梁子湖地区天下太平，境内依山傍水大兴土木，村村寨寨楚式建筑拔地而起，谢埠集镇基本形成。

——三国时期，谢埠属武昌县。

——嘉庆年间，谢埠为金牛镇谢埠街。

——1912年，谢埠街属武昌县金牛镇。

——1913年，北京国民政府改湖北为三道，武昌县属武汉黄德道，同年3月，废武昌府，并改武昌府治江夏县为武昌县，而将武昌县改为寿昌县。

——1914年元月，因县名与浙江的寿昌县名相同，始改称为鄂城县。

——1932年，鄂城县属湖北省第二政督察区，谢埠改街为镇，隶属鄂城县第四区符石乡。

——1942年，谢埠镇属金牛镇符信乡（将符石乡改为符信乡）。

——1946年，谢埠镇属鄂城县符信乡。

——1949—1950年，谢埠属梁子区谢埠乡。

——1951年后，属太和区，仍为谢埠乡。

——1957年属太和区公所谢埠乡。

……

谢埠地域历史悠久。金盆垴古遗址、梅家祠及谢埠古矿冶炼遗址的发掘考古研究证明，新石器时代就有先民在此居住、繁衍生息，虽然古镇及码头形成时间不可考，但据有关资料记载，谢埠码头是南北朝时期收为国管码头，距今也有一千几百年的历史。

谢埠地域有着光荣的革命斗争精神。大革命时期，这地域属湘鄂赣苏区，1930年8月1日，红十二军政委侯中英与中共鄂城县委领导人林明炯、盛浩如组织农民暴动，与谢埠国民党"六里局"在毛家堰展开激战，付出了重大牺牲。

1938年10月21日，日侵略军为攻占武汉，派第九师团主力，以坦克开路，向谢埠镇地域马鞍山国民革命军一八五师五四六旅发起猛攻。旅长朱炎晖率一个团的兵力与日军浴血奋战三天，最终朱炎晖和几百名兵士为国捐躯。

抗日战争中，新四军十四旅和八路军三五九旅南下支队曾在这一带依靠人民的支持，沉重地打击日、伪、顽。

谢埠镇人民自古就很重视教育，传承着勤劳、勇敢、助人为乐、不怕吃亏的上古民风，并创造了优秀的民族文化，同门三进士等出类拔萃人物也留下了大量的名胜古迹。

据《武昌县志》载："谢埠街市廛百余户，偏南里许有桥头港，市廛亦不下数十户。"说明古代谢埠镇街市由两处组成。

谢埠镇街市东面是刘家山（金门城），南面与夏家畈要距里许，西边过田畈和金牛港与公友相望，北接高家咀。西北边有个小港由东向西流过，铁贺公路穿街而过。

古街市呈"十"字形，或棋盘形布局，街道百米长左右，街宽均为5米，都是青石地面。商铺作坊，多为两开间的砖木结构平房；少数富户为三开间的砖木结构封火垛子楼房，下面做生意，上面住人，后面还辟有作坊。

街道都以方位命名，北面的称北街，南面的称南街，东面的称东街，西面的称西街。由于街道都不长，呈十字棋盘布局，故都没有设巷，来往都很方便。

古代，金牛、西畈、灵乡、汀泗、通山、崇阳等地的商民，将当地土特产和钢、铁矿由谢埠街市码头运往外地，又经此处将外埠的生活日用品转运入内地各处。因此，当时的谢埠古街市，日夜商旅不断，灯火通明，生意十分火爆，热闹非凡。其中著名的老字号商铺有：

清和堂杂货铺：由夏家畈夏姓人于清代开办，有三间砖木结构的铺面房，主营杂货，请有帮工。新中国成立后停办。

夏含强杂货铺：老板夏含强，开办于民国初年，主营杂货，新中国成立后停办。

夏幸福杂货店：老板夏幸福，开办于民国21年，新中国成立后停办。

夏昌芝米行：老板夏昌芝，开办于清末。夏昌芝米行坐落在北街，前面一幢是三开间的砖木结构的封火垛子楼房，下面做生意，楼上住人。后面一幢为两间平房，作为碾米场地，请工人加工大米。主营大米加工和销售，兼营渔行、杂货、窑货。新中国成立后1953年停办。

夏记豆腐作坊：老板夏金门，作坊开办于民国初年。作坊坐落于南街。长年请有工人加工，解放初其侄夏敬凡跟他学徒。主要制作千张皮、豆腐和干子。

同济药铺：由谢埠镇人柯华森于1942年在街市上开办的。柯华森1914年10月出生，1930—1940年在武昌徐安街"天保元药号"先当学徒，后行医，其间于1933—1934年在武昌水陆街"国医讲习所"学习。1942年回家乡，在谢埠街开设"同济药铺"，兼坐堂应诊。柯华森勤学好问，遍览群籍，尤对清代名著《陈修园四百句》有精辟见解，擅治病毒性肝炎，男女不孕等内科、儿科、妇科疾病，在当地较有名望。新中国成立后，同济药铺停办，1950年，柯华森参加太和镇联合诊所。

（二）周边历史遗存

【金盆垴遗址】位于谢埠村谢埠街东100米处，属新石器时代遗址，遗址高出地面3～6米。该遗址南北长400米，东西宽约300米，面积近12万平方米，呈小丘状。1958年在遗址西面挖水塘时，发掘出石锄、石斧、石镰等文物，文物保存完好。遗址的文化沉积丰富，可初步分为上下两层，目前，已发掘的上层部分属新石器时代晚期，下层部分时代更早，具体年代有待进一步发掘和鉴定。该遗址文物主要是大量的陶器和石器，陶器以夹砂石陶、黑陶居多，红陶较少；器具有罐、盆、钵等种类，纹饰以篮纹、方格纹、刻画纹、附加纹为主。1992年被湖北省人民政府定为省级文物保护单位。

【谢埠冶铁遗址】位于谢埠村民委员会驻地西北1.1千米处。据考证，谢埠为战国时期一大型冶铁工场冶铁遗址。明永乐年间，刘姓迁入谢埠东街，取湾名为上刘。上刘居民刘百万从事贩盐、炼铁行业。谢埠街西的铁铺嘴，紧挨谢埠港，面积达5万平方米。

【三墩子遗址】位于太和镇农科所三墩子处。遗址高出地面2～4米，面积近2万平方米，出土有罐鼎等残片，鼎足有鸭嘴形、鬼脸形，鼎形有肥、厚、粗糙、扁平等特点。陶器中有蛋壳陶、红陶、灰陶，属于新石器时代至商周时代遗址。遗址中还发现有宋明时期古墓若干座，曾出土宋代铜镜一面，1984年被列为市级文物保护单位。

【大城垴遗址】位于紫檀村大城垴湾。遗址高出地面2～4米，文化层厚约3米，出土有罐、豆、小石斧、石凿等。陶器以夹云母、黑陶为主，纹饰以绳纹为主，属新石器时代遗址，有屈家岭文化特征。1984年被列为市级文物保护单位。

【凉亭寨遗址】位于谢埠村吴王寨南，相传此亭是吴王孙权为自己避暑而建。亭顶盖金黄色筒瓦，色彩分明，潇洒飘逸。亭周雕栏环绕，正面有石阶直通亭内，石级两边的扶手，雕刻有精美的石龙。

【朱孔阳故居】朱孔阳别墅位于谢埠镇大屋朱湾，又名"行素堂"。该别墅建于清代中叶，具体时间不详。为一进几幢的宏大建筑，明清建筑风格，砖木结构，穿梁斗拱，雕花门窗，珠漆彩绘，极其富丽堂皇。幢与幢之间置有天井，天井旁放有盆景花缸。外围青砖齐檐，骑马式山墙檐，垛粉白，饰有飞禽走兽图案。别墅面阔16米，总面积1200余平方米。大门门楣上悬挂着清代慈禧太后亲赐的"同怀三进士"黑底金字匾，以表彰其一家三子皆中进士。

【胡家老屋】位于鄂州市梁子湖区太和镇胡进村十组（胡后角湾），清代建筑。"咸丰贰年陆月廿四日（1852年8月9日）造"由"胡大顺全造。"坐南朝北，平面呈长方形，砖木结构，东西长24.26米，南北宽29.1米，建筑面积705.96平方米。为一进三重建筑，由厅屋、堂屋、厢房、天井组成。厢房与厅屋、堂屋围合形成的天井，用青石铺墁。厅屋和堂屋的木构架均为穿斗式，山墙全为五花风火山墙，高低错落。墙体表面均饰有水墨画图，并配以诗文，如"旧时王谢堂前燕，飞入寻常百姓家"等。正中的门楼枋上雕刻有莲花、祥云、兰草等图案，其雕刻技艺繁简相宜，图纹虚实相间，体现了清代石雕的艺术特色。该建筑具有较高的艺术价值和历史价值。

【四古井】四古井坐落于谢埠街市内，为千年古镇八景之一，位于街东的曰上官泉，街南边的曰蟹眼泉（两口），街北的称浮屠泉，井壁和井台都是用青石砌成的。由于年代久远，井台石已磨得又光又薄。其井水清冽可鉴，冬温夏凉，一年四季谢埠古井总不枯涸。谢埠的千张皮和豆腐、干子，均用此井水制作，闻名大江南北。此井尚存。

【青石板古道】在谢埠镇街市的西北边，有一条由东向西的40多米宽的河港，直通金牛港，古时两港交汇处建有码头，故名谢埠。由于码头距谢埠镇街市有近两里路程，因此，古代谢埠人沿着港北边港堤，用青石板铺筑了一条石板路，临港的坡面也用青石砌码成。由于年代久远，建于何时无考，但古石道至今尚存。

【谢埠官渡口】谢"埠"实际上是渡口，谢埠是以谢姓为名，今天的谢埠嘴居住的十几户谢姓人家离此渡口遗址仅百米之远。可见当年谢姓人家就住在渡口边，谢埠的"埠"就是码头渡口。又因为是官办的渡口，所以叫谢埠官渡。据《武昌县志·水利》记载："谢埠官渡堤，在县南一百一十里，符石乡，雍正四年柯惟伯等捐建。"清代张叔郡为此还写了一篇《谢埠官渡堤记》。

谢埠官渡堤记

清·张叔鄂

子舆氏曰："岁十一月徒杠成，十二月舆梁成，民未病涉"，是济人为梁，洵为政之急务哉！雍正四年冬，余承简命，出守鄂城。因护监司印篆，谕祭已故贵州巡抚张谦。道经武邑谢埠渡口，见夫往来商贾，络绎不绝，当春夏之交，山水暴涨，汪洋澎湃，一碧万顷。行人每有寝裳濡足之嗟，余甚悯焉！爰集父老柯惟伯等，谋建渡以垂久远。而柯姓暨众等，即慨施田地，岁收谷麦，雇舟人以济之。越明年，又修筑长堤，建造凉亭，迄今四载，而工告竣。是役也，余虽倡始，然非柯惟伯、柯家语、柯裕庆、朱赞皇之慨然施田，则招招舟子，何所藉以膳养？苟非张之楷、夏文熊、柯锡贡、宋希贤之修筑堤塍，则行李往来，何所藉以利涉？苟非徐有公、盛之雉、吴简文、黄铨一之建造凉亭，则马迹车尘，何所藉以憩息？是向畏洪涛巨浪之阻者，今则一苇杭之矣。向兴深厉，浅揭叹者，今则如履周行矣。向暑雨祁寒，憩无从者，今则停踵息肩，无间关跋涉之苦矣！

【"八一暴动"战场遗址】位于金坊村毛家堰。1930年8月1日，中共鄂城县苏维埃政府在紫檀李家庄举行暴动誓师大会后，在红十二军政委侯中英、县委领导林明炯、盛浩如带领下，与国民党谢埠街"六里局"在毛家堰展开激战。由于暴动队伍缺乏实战经验，又遭到国民党驻扎在公友马王庙"马八局"的支援，最后革命暴动失败。

【马鞍山战场遗址】位于胡进村西北角。1938年10月21日，日寇侵略军为进攻武汉夺路，派第九师团主力进攻马鞍山。驻守马鞍山的是国民党一八五师五四六旅，在旅长朱炎晖带领下，在此山与日军进行了三天的浴血奋战，伤亡将士200多人。为国民党军队撤离转移后方赢得了时间，又为后来的南昌会战、长沙会战打下了良好的基础。

（三）周边名胜景点

【梁子湖】梁子湖，烟波浩渺，水质澄清，是全国十大名湖，是湖北省第二大淡水湖，是我国境内生态系统保持最完善、水质最好的近郊湖泊，是武昌鱼的母亲湖。湖区气候宜人，生态良好，动植物资源十分丰富，有鱼类105种、鸟类137种，被誉为"物种基因库"，有"水底森林""鸟类天堂"之说。它南北长82公里，东西长22公里，常年平均水深3米，湖面面积42万亩，最高日平均水位20.57米，最低日平均水位16.41米，最高水温33℃，最低水温1.2℃。梁子湖99个岔，向四周伸展分别与武汉、咸宁、大治等交界。湖泊汇水面积2085平方公里，进水口300多个，出水口仅有长港一处，并受樊口、磨刀矶两闸控制，出水水流通过90里长港直注长江。

梁子湖中一玲珑小岛，其状似鞋形，四面环水。岛域面积2.2平方公里，北面是樊家山、公山、牛山（自西向东），中部有大山、长山等山，西部是岛上居民居住区。梁子岛上主要风光景点有：

（1）青石板街。明清时期，街道两旁店铺林立、商贾云集，是梁子岛繁华历史的见证。

（2）张家楼房。1942—1945年，李先念、王震、张体学等老一辈革命家在此设立司令部，指挥鄂南地区抗日游击战争。

（3）武汉大学生态园。由武汉大学投资2000多万元建设，是中国第一家水生植物野外定位工作站。

（4）梁子岛之战遗址。1944年元月5日，日军偷袭梁子岛，我抗日游击队英勇作战，击毙日军司令官渡边，遗址为当时抗日游击队的重要防御工事。

（5）瓦窑澥遗址。华中地区发现的第一个唐五代时期的陶窑遗址，其出土文物曾在英国皇家博物馆展出。

（6）竹楼别墅。有傣家风情，是观湖、品茶、餐饮、休闲的好去处。

（7）童子拜观音。岛上渔民为祈求出湖平安捐资所建，形态栩栩如生，是香客必到之处。

（8）古石雕。梁子岛古楼、古刹、古阁等古迹的遗物，具有较高的建筑学、文化学、美学欣赏价值。

（9）点将台。三国时期，蜀汉大将关羽演兵点将处。

（10）娘子塑像。梁子岛的标志性雕塑，她述说着梁子湖、梁子岛的一个美丽动人的传说。

（11）观日台。位于梁子岛东南角，三面临湖，视野开阔，是观赏梁子湖日出的最佳地点。

（12）赏月亭。位于七星山顶，北可远眺梁子湖，南可俯视梁子岛，是吟诗赏月的好地方。

（13）鹭鸟公园。位于毛塘半岛中部，每年4月下旬至9月下旬有成千上万只白鹭在此栖息，是难得一见的自然景观，已建观鸟台一座。

（14）赵怡忠小学。位于毛塘半岛中部，是全国战斗英雄赵怡忠的母校，建有赵怡忠烈士塑像，是对青少年进行爱国主义教育的理想场所。

（15）小梅沙浴场。此处滩平、水清，是理想的天然浴场。

（16）扁担洲野营基地。位于青山岛西北部的梁子湖中，丰水期淹没，枯水期露出，是野营、野炊的绝佳去处。

【梁子湖环湖绿道】梁子湖环湖绿道一期工程是梁子湖沿湖路改造工程的重要组成部分，项目段位于鄂州市梁子湖区，居于梁子湖汊西南侧，起于鄂州市梁子湖区涂家垴镇码头，止于细屋金湾，呈带状分布。全长16.8公里的绿道，不仅新建了9处特色景观，还将沿线几个村湾的原有生态环境串联起来，展现出与城中湖完全不一样的景观特色。沿线的9处特色景点分别为涂镇码头、极目楚天、竹乐园、"一棵枫杨树"、乌桕平台、万方葵园、泡桐露营地、九龙湾景区、万秀晒场。其中，万方葵园里就是天空之镜的所在地，网上短视频里的"海景效果"就来自这里。这条环梁子湖的绿道区段是可以通行机动车的，道路为刷黑沥青路面，双向两车道的规模，道路沿途有绿树、波斯菊。各处的节点景观处设有停车区域、人行道等，方便游客下车后近距离感受体验。

【梁子湖湿地】梁子湖湿地地处南北洼外圩，南依太友公路，北距梁子岛不到15公里，是以河港、滩地、鱼池、湖漾、沼泽湿地生态为景观特征，集城市湿地、农耕湿地、文化湿地于一体的自然湿地景观；有水草区、野梭区、荷花区、观鸟区、放牧区、鱼池区、水稻区。流水舒缓，水草丰茂，横红荷碧，兼葭苍苍。是集休闲娱乐、科普教育等功能于一体的生态旅游区。

【青峰山风景区】青峰山风景区主要景点有：青峰寺童子拜佛、观音坐莲、螺丝吐眼、乌鸦扑泉、仙人下棋、双狮流涎、乌龟晒甲、青峰古泉、铜鼓山、木鱼垴等。早在西晋时，有得道高僧相继隐居青峰山，遂建青峰寺，历经传承。据光绪《武昌县志》载："清峰寺在县南一百二十里青峰山下，唐宋以来，名僧东晓豁然尤著。"另据传，鼎盛时期，古刹有殿、宫、亭、阁99间，僧尼200余人。据资料介绍，西晋惠帝元康元年

（291），宗隆禅师云游到青峰山，见此地山川峻峭，林木深幽，是传经拜佛的好处所，便四处化缘在此修建了清峰寺。元英宗至治元年（1321），当朝兵部尚书因受奸臣迫害，南来清峰寺出家为僧，名智隐。元至正十年（1350），天下大乱，刘伯温经清峰寺得到智隐所赠兵书《帷幄韬略》十八册，后辅佐朱元璋统一天下建立明朝。洪武七年（1374），朱元璋与刘温同访清峰寺，亲笔为清峰寺书写"清峰古刹"庙名，并在寺前立有御碑。唐昭宗龙纪至光化年间，高僧贯休、栖一常游清峰寺，写下"惟有双峰寺，时时独去寻"的千古名言。明孝宗弘治五年（1492），武昌县令聂贤游览清峰寺后，拨款增建庙殿50间，并留《清峰寺》诗一首。

【吴王山】位于谢埠村境内。吴王山又叫白虎山、武昌山、五王寨等名。223年，孙权从建业（今南京）迁来千余富户来此落户更名。山上古遗址有：吴王山城、白衣庵、石门开、圣挂排、凉亭、天赐桥、落箭塘、金鸡泉、石碣铭文等。

【马龙水库】马龙水库位于太和镇马龙村，因水库大坝筑于"龙蜃吐云天入水，楼台倒影日衔山"的马山和龙山之间而命名。马龙水库于1957年修建，1958年建成蓄水。承雨面积12.6平方公里，水面面积750亩，总库容750万立方米，有效库容505万立方米。这里碧波荡漾，山清水秀，山峰集萃，层林掩映，鸟语花香，景色诱人，是旅游观光胜地。

【狮子口水库】狮子口水库位于太和镇中南部，以水库建在狮子口山脚下而得名。水库周边有九座狮子山和一座戏绣球山，有"狮子戏绣球"的民间故事。九头狮子形态逼真：有站着的、坐着的、卧着的，似匍匐状似俯首观状，争抢着中间的"绣球"，妙趣横生，其乐无穷。现在可以沿着库区的盘山公路，欣赏库区青山绿水的自然景观和人文景观。

　　【龙山风景区红枫园】位于龙山风景区内的莲花黄村、莲花贺村，园区占地面积5000多亩，由灌木区、乔木区、盆景区、造型区四部分组成，主要种植有红枫、海棠金瓜子、小丑火棘、金森女贞、红叶石楠等彩叶树种。游客可观赏那团团簇簇的红枫，亦可欣赏那玲珑娇艳的海棠美景。

（四）周边美丽村湾

【莲花黄村】

莲花黄村位于太和镇人民政府驻地以南约3千米处。东接幕阜山脉龙山风景区武昌山，南连花贺村，西与涂家垴镇红书村隔河相望，北邻谢埠村夏家畈湾，省道铁贺公路穿村而过，以境内地片莲花塘（武昌县志有记载）及姓氏综合命名。1942年为钟毓乡，1950年后属莲花乡，1958年属阳光公社为花黄大队，1964年属太和区谢埠公社为花黄大队，1975年撤区并社后，属太和公社为花黄大队，1984年为梁子湖区太和镇莲花黄村。辖面房、大屋、铺儿、下庄、吴恒、汪黄、梅洪、上吴、下吴9个自然湾，13个村民小组，国土面积4.46平方千米，户籍702户，2522人，耕地面积237.6公顷。主要农作物以水稻、红薯、小麦和棉花为主，主要经济来源为务农、务工和外出经商，辖区内有远近闻名的长兴禅寺和龙山风景区。

莲花黄村民风淳朴，社会治安基础良好，村委会成立志愿服务队伍8支，各湾均成立了红白理事会、议事协商会，做到事事有人问，事事有回音，坚持小事不出组，大事不出村。党支部书记黄明率领村两委一班团结拼搏，因地制宜着力乡村振兴，先后筹集投资300余万元，2018年开展"农村四好路"建设，将全村湾道路拓宽升级改造，极大方便了群众的生产生活出行；2019年强化党建引领脱贫攻坚，新建一座建筑使用面积600平方米的党员群众服务中心；2020年新建一座达标型村级卫生医疗机构，提升村级卫生医疗水平；2021年对全村自来水管道进行改造，让家家户户都喝上了安全达标的自来水；2022年将大屋湾、上吴湾活动广场亮化美化升级，并加设健身器材及体育器材，满足了群众文化活动需求。该村坚持以发展特色农业为主导，2019年成立联瑞生态农业有限公司，流转土地1200余亩，以"合作社+农户"的模式发展"稻虾混养"特色产业基地，为周边群众提供就业岗位150余个，村级集体经济收入每年达到10万元以上。

【谢埠村】

谢埠村坐落在龙山和武昌山脚下，梁子湖畔，位于太和镇政府所在地南3千米。东连狮子口村，东南与大冶市西洪村接壤，南邻花黄村，西与涂家垴镇河头村隔河相望，北与金坜村相连。谢埠村国土面积7.07平方公里，其中耕地面积5096亩，水面养殖面积3880亩，森林面积4068亩。下辖24个村民小组，12个自然湾。2022年，全村1409户，总人口5217人，除拉祜族、蒙古族、壮族、苗族各一人外，均为汉族。村民中夏姓居多，其他姓氏有柯、何、张、吴、谢、方、程、卫等15姓。

谢埠村是以谢埠街湾名而命名的。南宋端宗景炎二年（1277年），谢姓始迁祖谢林最早从江西右江迁居至此，因此地漕运发达，建有码头，故名谢埠。明清年代，谢埠属符石乡符四里。新中国成立后属谢埠乡。1958年属谢埠公社，为谢埠大队。1961年属太和区谢埠公社，为谢埠大队（其中1966年至1968年属阳光公社，为阳光一大队）。1975年撤区并社后，属太和公社，为谢埠大队。1983年属梁子湖区（派出区）太和镇为谢埠村。1987年属梁子湖区（实体区）太和镇，为谢埠村至今。

进入新的世纪，尤其是自党的十九大以来，在党的富民惠农政策支持下，在上级党委政府的正确领导下，谢埠村"两委"带领全体村民，紧抓乡村振兴之机遇，攻坚克难，取得了有目共睹的成绩。一是铺设乡村"四好"公路。2019年5月，谢埠街至桥头巷的这条5米宽村级公路全长1800米建设刷黑竣工。后又建设全长340米、宽2.5米的教育路（谢邱线至谢埠小学），终结了港背湾、爱塘湾、桥头巷湾、周家湾的学生上学和村民出行走泥巴路的历史。二是着力解决民生问题。2019年3月至2022年6月，分三期改造全村自来水管网，并完成350户厕所改造，新建17座公厕和2座旅游厕所。三是建设谢埠村产业扶贫基地。2019年3月，投资60余万，流转土地35亩，打造产业扶贫基地，种植大棚草莓、西瓜等农产品，每年安排贫困人口务工2500余人次，基地年收入达20余万元。四是防汛抗旱两手抓。2020年7月，多方筹集资金15万元用于更换南北两湖的泵站设备，加固平整了南湖防汛通道。组织力量清理大山水库排水道、一道渠、二道渠、南湖中心沟等沟渠的淤泥，夯实抗旱基础。五是发展生态旅游经济。2019年全年全村精准灭荒350多亩，植树10万多棵，成活率为99.9%。结合谢埠村的实际情况，2019年投资200余万元改造港背湾和中门何湾，并在全镇的乡村振兴拉练中荣获第一名；2020年投资150余万改造爱塘湾和凉亭下湾；2021年上半年进行新屋何湾美丽乡村建设；2021年下半年实施夏家畈湾、谢埠街湾污水排放系统改造；2022年筹措投资500万元，打造谢埠旅游古镇，举办第二届"太和·谢埠美食节"和首届"谢埠·农民丰收节"，投资220万元新建谢埠村党员群众服务中心。

【吴伯浩村】

吴伯浩村位于梁子湖区太和镇东南面，居丘陵地带，东与大冶市茗山乡交界，南与大冶市灵乡镇交界，西与大冶市金牛镇邻近，北与本镇谢埠村、花黄村、花贺村接壤，国土面积4.2平方公里。辖贺屋湾、柴家洪、太阳山、陈家岭、孙家窝、后畈吴、山头窝和吴伯浩湾等11个村民小组，9个自然湾，总人口2020人，共549户，林地面积3300亩，耕地面积3400亩。

吴伯浩村人居环境优良，绿化率达80%以上，有小型水库2座、塘堰30口、挂牌保护古树7株、古宅1处，建有村组文化广场4个，全村组与组互通水泥路，村民用电、网络全覆盖。民风淳朴，社会治安基础良好，成立了红白理事会，村民移风易俗勤俭节约文明操办红白喜事。成立了村务乡贤理事会，乡贤人士热心参与美丽乡村建设，积极为惠民工程建设捐款。2019年村"四好公路"建设，乡贤人士捐款80余万元。

在村党支部书记吴爱国等村两委一班成员的带领下，吴伯浩村坚持以特色农业为主导，2018年以成立梁子湖区稻果薯种养殖专业合作社为支撑，流转土地270亩，种植杂柑40余亩、药材20亩，年种植果树40余亩、优质红薯60余亩、优质水稻莲藕110余亩。合作社年收入45万元，村级集体经济收入达10万元。同时注重以旅游民居民宿带动经济发展，打造人文景观独特的宜居、宜业、宜旅游胜地。

（一）

（二）

吴伯浩村美丽乡村建设新面貌

（一）

（二）

游客在吴伯浩村果薯种植基地

（五）龙山乡贤

柯慧冬

柯慧冬，鄂州市梁子湖区太和镇吴伯浩村人，现为广东中山市湖北商会执行会长、天津市中建国泰建筑工程有限公司中山分公司总经理。

柯慧冬始终牢记一个企业家的责任与担当，通过参与救灾捐助、抗疫等公益活动，积极传递温暖回馈社会。2021年3月，柯慧冬向云南昭通大关县上高桥乡中心校捐助学生课桌椅456套，总价值10万元。柯慧冬富而思源、富而思进，积极回报社会。每年春节回乡慰问父老乡亲，给70岁以上的老人每人发放千元慰问金，给村里困难户送去慰问金和米、食用油等物资。

　　2020年初，面对突如其来的新冠肺炎疫情，柯慧冬义无反顾地冲锋在疫情防控第一线，组织率领78名员工赴疫情最严重的武汉援建火神山、雷神山医院

　　2022年3月15日，柯慧冬组织中山市湖北商会向中山市沙溪镇、大涌镇捐赠的饮料、方便面、防疫口罩等爱心物资，总价值近2万元，用于保障一线抗疫人员在值守期间的物资供应

吴小涛

吴小涛，1986年出生，鄂州市梁子湖区太和镇花黄村人，中共党员。2001年入伍，2006年退役后，曾在贵州参加过电站施工，在云南参与过机场建设，在武汉做过土木工程，最终回到了家乡——鄂州市梁子湖区太和镇。他当时退伍的时候，也想过留在大城市打拼，但更想回到自己的家乡，为乡村建设出一份力。回乡后，吴小涛凭借多年在外搞工程项目建设积累的经验，敏锐地发现砂石市场的商机，在梁子湖区太和镇创办了一家环保科技有限公司。梁子湖区和太和镇相关领导得知吴小涛的想法后，非常支持他回乡创业，为他争取项目审批、安排创业基地等，他的制砂厂很快顺利投产了。

为了做好扶贫帮困工作，吴小涛全部聘用本地贫困户到公司上班，尽管有工程项目建设经验，但是创业过程还是充满艰辛。针对砂石市场存在的无序竞争，特别是不规范的作坊式小厂生产的低端砂石对市场的冲击，吴小涛带领员工深入调研市场，坚持环保理念，对生产线加强升级改造，从事精品砂的生产和高端市场开发。经过改造升级后，吴小涛的制砂厂为武阳高速等重点工程提供有力保证，赢得了经济效益和社会效益双丰收。饮水思源，吴晓涛在注重个人事业发展的同时，始终秉承感恩之心。公司成立以来，吴小涛不忘回报乡邻，积极响应政府号召，投身社会公益事业。他通过务工就业、上下游产业合作等方式，带动周边村湾和乡邻增收致富。特别是在抗击新冠疫情的过程中，积极参与捐款捐物。作为一名民营企业家，他希望能用自己的绵薄之力，尽力为家乡的发展多作贡献。

2021年10月29日吴小涛（左二）向"省慈善总会梁子湖区退役军人关爱基金"捐款，用于开展困难退役军人和其他优抚对象的关爱帮扶

夏江林

夏江林，鄂州市梁子湖区太和镇谢埠村人，鄂州
市梁子湖区金土地农机专业合作社理事长，鄂州市政
协委员，先后荣获"湖北省劳动模范""湖北省模范
农机作业大户""湖北省明星科技示范户""湖北省
农业专业合作社示范户""全国种粮大户""全国农
业劳动模范"和"全国抗击新冠肺炎疫情突出贡献农
民"等称号。中央、省、市电视台、报社曾多次报道
其先进事迹。

2009年1月，夏江林注册成立"鄂州市梁子湖区金土地农机专业合作
社"，流转、托管土地1102亩，服务农户1800户；目前拥有农机246台套,其
中：大型收割机4台、插秧机23台、大中型拖拉机7台、植保飞机4架，大型
植保机械2台、工厂化育秧设备一整套，农机服务面积达5.3万亩。

合作社坚持应用农机新技术,全面实现水稻生产全程机械化,安装使用
北斗卫星监控系统12套，无人自动驾驶系统两套。先后购买4台秸秆还田
机械，6台带粉碎功能的收割机，2台秸秆捡拾打捆机，年完成秸秆还田、

秸秆打捆超8000吨；运用水稻侧深施肥技术,提高肥料利用率,降低生产成本，减少环境污染，实现增产增效。合作社不断改种优质稻,运用稻鸭、稻虾共作模式，生产有机稻、有机大米。生产的"五王山""太和泉米"牌有机大米，气味清香、口感松软、回味悠长,投放市场顾客赞不绝口，产品供不应求。

夏江林的座右铭是："自己富，不算富，大家富，才是富。"2015年夏江林主动向镇政府申请，将金土地农机专业合作社纳入精准扶贫单位，与谢埠村188户扶贫对象户开展结对帮扶， 安排30多名贫困人员到合作社工作，并为没有劳动能力的贫困户免费代耕、代种、代管口粮田67亩，助力谢埠村188户贫困户全部脱贫。抗击新冠疫情期间，夏江林向谢埠村捐款捐物5千多元，给10多个家庭困难户送去价值1.2万元的大米、食用油等物资。

夏　荷

夏荷，鄂州市莲隆生态农业旅游有限责任公司法人代表。鄂州市莲隆生态农业旅游有限责任公司是梁子湖区一家以文化旅游开发为主的股份制企业。该公司致力于生态保护、旅游开发，以龙山、武昌山为依托，打造国家AAAA级景区，促进乡村振兴，发展地域经济，为城乡居民营造一个优美的休闲、旅游、度假、娱乐场所，将建立七大园区：

佛教道教庙宇古迹游览区、生态花卉园林区、生态观光农业区、原生态山水观赏区、水生态游艇游乐区、住宿购物娱乐区、名家字画碑林，规划面积达二十平方公里，涉及三个村、辐射周边四个村，直击大冶市茗山。该公司位于龙山风景区，区位优势明显：距鄂州市城区六十公里，一小时车程，山脚下省道铁贺线、鄂咸高速公路穿村而过，景区设有停车、购物场所能为游客提供便捷的服务。

（一）

（二）

湖北省长江文化研究院专家学者到龙山风景区考察

柯国良

柯国良,梁子湖区鑫晟商行总经理,系梁子湖区政协委员、太和镇工商联党支部书记,太和镇商会会长。太和镇商会于2021年4月20日成立,为梁子湖区第一家乡镇级商会,现有会员单位76家,涉及26个  行业。副会长夏多枝、朱欢、陈青峰、柯亚军,秘书长姚志刚,监事长柯军,理事长柯昌伟。

商会成立一年多来,柯国良率领商会一班人马坚持以"强化交流、整合资源、优势互补、共谋发展、多作贡献、回报家乡"为目标,动员广东如春、天建锦、驰韵建筑、缘绿生态等会员单位,积极参与太和镇乡村振兴建设。组织苏星制衣、华商平价、太和车行、高志杰等会员单位及个人,给福利院老人送去月饼、牛奶、水果、蛋糕等中秋节慰问品;组织会员单位为谢埠村贫困户送去春节物资,给河南捐赠5万余元的救灾应急物品,给太和中学58名优秀学生捐赠密码箱等价值1.3万元的助学物资,参与文明创建和疫情防控。

太和镇商会向河南捐送救灾物资和组织开展"义剪"等便民志愿服务活动
（以上图文由熊杰文、胡亚鹏、陈学波组稿）

八、特色物品　源远流长

　　龙山及其周边地区，是名符其实的"鱼米之乡。"当地物产独特丰富。其主要名优特产分别是：

　　【梁湖武昌鱼】1956年5月至1966年7月期间，一代伟人毛泽东在湖北武汉视察工作之余，先后18次畅游长江，尤喜食鄂州武昌鱼，并写下了"才饮长沙水，又食武昌鱼"著名诗句。武昌鱼，鲤科，鲂属。体长165~456毫米。体侧扁而高，呈菱形，口端位，口裂较宽，呈弧形，体呈青灰色。20世纪50年代易伯鲁等30多位中科院水生所研究人员发现梁子湖中有一种鳊鱼是以往文献中没有的。他们将它命名为团头鲂，俗称武昌鱼。武昌鱼营养丰富，可以制作出数十种风味与口味不同的美食，其是龙山及其周边地区的当家名菜，武昌鱼不仅可以清蒸，还可红烧、炖制、腌制等，其做法不同口味也不相同，其中以清蒸武昌鱼最负盛名，其清香可口，美味鲜香，肉质细嫩，十分的美味，是一道不可多得的美食。

　　【太和泉米】《武昌县志·物产》载："谷之属有稻。稻有红有白，六月获者名芒花早，为早稻。八月获者为迟稻。早稻刈后始插秧者，为晚稻，所谓再熟之稻也，九十月始获……。其芬香发越者，为香粳。"如今鄂州市梁子湖区金土地农机专业合作社、夏阳家庭农场在龙山脚下，种植纯天然有机水稻"太和泉米"。其采用"稻鸭共育"的古法，施有机肥料，用龙山山泉和梁子湖直饮水灌溉，采取生物除害，以确保每一粒大米绿色、安全、健康。"太和泉米"气味清香、口感松软、回味悠长、健康养生!

【谢埠千张】谢埠千张,白如银,薄如纸,坚如布,可凉拌,可清炒,可煮食。其历史可追溯至三国时期,明清时被列为朝廷贡品。光绪十一年(1885),《武昌县志》将谢埠千张皮载入史书。谢埠千张堪称"湖北一绝"。其产自龙山脚下的谢埠村,是鄂州著名的特产美食。

【太和豆腐】生产太和豆腐的区域为整个梁子湖区太和镇，该区域四季分明、雨量充沛、光照充足、无霜期长，土壤以红黄壤为主，土壤pH值在5.5—7.5之间，出产的黄豆品质优良。生产太和豆腐的水取自梁子湖和当地地下泉，水质纯净，矿物质丰富，pH值为6.8左右。优良的黄豆和水源，配以精细的生产工艺，形成了太和豆腐独特的品质：色如白雪、入口绵软、清香、甘甜、久煮不烂、入口无渣，且富含多种维生素和人体所必需的16种氨基酸以及磷、钾、铁、钙等元素，营养价值高。太和豆腐具有独特风味，豆腐高蛋白、低脂肪，具有降血压、降血脂、降胆固醇的功效，是益寿延年的美食佳品。

【糍粑岗糍粑】"糍粑岗"是位于太和镇花黄村铺儿湾。相传，明嘉靖年间，黄庭坚二十六世孙黄子建（字平原）公为避战乱，从江西瑞昌经大冶举家迁徙于莲花庄落户。居于龙山脚下神龙溪旁，以农为业。其中一家则选村中十字路口而居，建有客栈八间，亦农亦商，忙时广种糯谷，闲时接待过往旅客。为了吸引客源。他将故乡客家美食糍粑带入莲花庄。糍粑岗糍粑，既香又甜，十分可口，是当地传统美食产品。客家糍粑在莲花庄的名气越来越大，后来人们直接把莲花庄叫成了"糍粑岗"。"糍粑岗"糍粑工艺沿用传统手法。选上等糯米浸泡一晚上，再用木制蒸笼蒸成糯米饭，用清水润湿过的白棉布将笼中糯米饭包好取出放入干净的石臼中，再用木棒捣成糊状后，用湿棉布包好取出置于簸箕中，搓成长条，分别扯成拳头大小的球团。最后搓成小圆饼状，撒上老红糖和由芝麻、黄豆磨成的香粉，即可食用，软软的，又香又甜。用作存放的糍粑不撒任何辅料，捏成大大小小的圆饼状，可与面条一起煮食，松软可口。

【太和米粑】米粑以当年新生大米为主要食材，浸泡发酵后磨制成浆状，在平底锅里用小火慢慢烘煎而成。煎制好的米粑外面颜色金黄，口感外焦里嫩，吃起来糯甜可口。太和米粑，不但是桌上佳品，同时还是旅途干粮，相传这里有一家，"同怀三进士"，每个儿子进京赶考时，都带上自家烙制的米粑，作为旅途食用，故后人也叫"进士饼"。后由武汉梦天湖餐饮公司太和籍老总引入酒店菜谱里，天南地北的食客品尝后名气逐渐传至全国。

【龙山纯谷酒】《武昌县志·物产》载："酒有谷酒，俗名烧酒。"谷酒是龙山及其周边区域民间作坊酿造的传统产品。民间酿制纯谷酒的历史至今已持续500多年，纯谷酒选用优质糯稻谷、糯高粱和优质山泉为原料，采用传统酿造工艺精心酿制而成。上百年来，龙山及其周边区域纯谷酒以其纯正、清香、爽净的口感，成为广大消费者所钟爱的地方名酒。它酿制历史悠久，地方特色浓厚，文化底蕴丰厚，有"楚天小茅台"之美誉。

【龙山红薯】龙山及其周边区域四季分明、雨量充沛、光照充足、无

霜期长。其土壤以红黄壤为主，十分适宜种植红薯（红苕）。红薯，学名番薯，又称甘薯、红苕，口感香甜，除块根常供食用外，还可以制糖和酿酒、也可制作成粉条和粉皮。红薯中含有丰富的营养物质，有"长寿食品"的美誉，还有一定药用价值，《本草纲目》中记载红薯有"补虚乏，益气力，健脾胃，强肾阴"的功效。

【太和莲藕】莲藕，属莲科植物根茎，微甜而脆，可生食也可煮食，是常用餐菜之一。也是药用价值相当高的植物，它的根叶、花须果实皆是宝，都可滋补入药。用其制成粉，能消食止泻，开胃清热，滋补养性，预防内出血，是妇孺童妪、体弱多病者上好的流质食品和滋补佳珍。莲藕在我国的江苏、浙江、湖北、山东、河南、河北、广东等地均有种植。太和莲藕是龙山及其周边地区种植的农业重要经济作物之一。

【梁湖螃蟹】螃蟹，学名中华绒螯蟹，又称河蟹，是鄂州梁子湖周边地区主要水产品之一，也是餐桌上的一道佳肴。鄂州梁子湖螃蟹，尤以为最，得到中国著名作家余秋雨的青睐："千古江夏诗文在，梁子湖畔蟹正肥。"太和龙山境内有梁子湖湿地，河汊密布，水质清新，水草丰富，气温适宜，是螃蟹的上好繁殖栖身之地。其螃蟹以个体较大、颜色纯正（墨绿色）、膏肥黄满、质量优良，而蜚声鄂州内外。

【梁湖鳜鱼】梁湖鳜鱼作为菜肴，实际上是一道古菜，有一千多年的历史。唐宋时期，诗人在诗中就提到过"鳜鱼"，唐代诗人张志和有"西塞山前白鹭飞，桃花流水鳜鱼肥"；宋代梅尧臣有美食鳜鱼的诗句："昔时三月在西洛，始得午桥双鳜鱼。墨薛点衣鳞细细，红盘铺藻尾舒舒。"南宋诗人陆游的《思故山》中有："新钓紫鳜鱼，旋洗白莲藕"诗句。相传唐侍郎元结，辞官侍母，隐居樊口（伍家境）。一年冬天下了三场大雪，天气十分寒冷，当时的武昌县令孟士源，不畏冬寒，踏雪看望隐居在樊口的京官元结，元结以鳜鱼煮冬箪为下酒菜，招待了孟县令，并留诗一首《雪中怀武昌》："冬来三度雪，农者欢岁稔。我麦根已濡，各得在仓廪。天寒未能起，孺子惊人寝。云有山来，篮中见冬簟，烧柴为温酒，煮鳜为作沈。客亦爱杯尊，恩君共杯饮。"唐侍郎元结以"鳜鱼煮冬簟"招待武昌县令孟士源，史传佳话。受此启示，龙山地域创造了一道"鳜鱼煮千张"的名菜。鳜鱼煮千张主要烹制方法是：以鳜鱼为主要原料，加以谢埠千张皮，加以佐料煮熟即可食用。

【龙山胡柚】龙山气候湿润、雨水充足，常年烟雾缭绕，适宜胡柚生长。龙山胡柚含可溶性固形物量10%以上，维生素C含量高。龙山胡柚营养丰富，还具有清凉祛火，止咳化痰，润喉醒酒，舒胃壮肾及降血脂、养颜益寿等功效。龙山胡柚一般重量为250~500克左右，大

者约1000克，果实皮呈金黄色，汁多味浓，酸甜味略带苦，余味长。冬季可贮藏半年以上。

【梁子湖红尾鱼】主要生长在梁子湖和龙山区域等梁子湖区部分水库

之中。其湖山相接，水体清澈、水质纯净，无任何污染。因而所产的红尾鱼营养价值高、肉味鲜美，是食用保健佳品。

【梁子湖银针鱼】其体形呈圆柱状、长约15～20厘米，头部小、嘴下颚长出一支像针一样的尖刺，故称银针鱼，味道鲜美、晶莹剔透，盛产于秋季。梁子湖银针鱼是龙山周边等梁子湖区域特有鱼种，是鄂州市远近闻名的特产。

【太和蓝莓】太和蓝莓的产地为太和镇龙山周边区域，该区域出产的蓝莓品质优良，果实中含有丰富的营养成分，它不仅具有良好的营养保健作用，还具有防止脑神经老化、强心、抗癌、软化血管、增强人机体免疫等功能。

【金鸡泉矿泉水】与龙山相邻的武昌山的武昌观旁百米处有金鸡坡，金鸡坡有金鸡洞，洞内有清泉长流不断。洞内泉水，名为金鸡泉。湖北省地矿局和省矿产储量委员会曾为此联合召开专家评审鉴定会，鉴定报告认为：金鸡矿泉水中含有多种对人体健康有益的微量元素，符合国家生活饮用水标准。

【太和苎麻】苎麻是太和镇特色商品，境内有几百年的种植历史。苎麻的茎皮纤维细长，强韧，洁白，有光泽，拉力强，耐水湿，富弹力和绝缘性，可织成夏布、飞机的翼布、橡胶工业的衬布、电线包被、白热灯纱、渔网、制人造丝、人造棉等，与羊毛、棉花混纺可制高级衣料；短纤维可作为高级纸张、火药、人造丝等的原料，又可织地毯、麻袋等。根为利尿解热药，并有安胎作用；叶为止血剂，治创伤出血；根、叶并用治急性淋浊、尿道炎出血等症。嫩叶可养蚕，作饲料。种子可榨油、制肥皂和食用。

九、创新发展　续写新篇

乡村振兴战略视角下龙山文旅开发的思考

牛石人　熊杰文

【摘要】实施乡村振兴战略，是以习近平同志为核心的党中央着眼党和国家事业全局，深刻把握现代化建设规律和城乡关系变化特征，顺应亿万农民对美好生活的向往，对"三农"工作作出的重大决策部署，是决胜全面建成小康社会、全面建设社会主义现代化国家的重大历史任务，是新时代做好"三农"工作的总抓手。从党的十九大到二十大，是"两个一百年"奋斗目标的历史交汇期，既要全面建成小康社会、实现第一个百年奋斗目标，又要乘势而上开启全面建设社会主义现代化国家新征程，向第二个百年奋斗目标进军。为做好乡村振兴战略这篇大文章，近年来，我国先后出台《中共中央、国务院关于实施乡村振兴战略的意见》和《乡村振兴战略规划（2018—2022年）》以及《中华人民共和国乡村振兴促进法》，吹响了全面推进乡村振兴的时代号角。那么，在实施乡村振兴战略的背景下，如何充分利用和开发当地历史文化和自然资源呢？本课题组将以鄂州市梁子湖区龙山文化旅游开发为切入点，开展深入的调查研究，着力剖析当前龙山文化旅游开发的现状与面临的困难，对龙山文旅开发路径进行思考。

【关键词】乡村振兴　文化旅游　调查研究

实施乡村振兴战略，是以习近平同志为核心的党中央着眼党和国家事业全局，深刻把握现代化建设规律和城乡关系变化特征，顺应亿万农民对美好生活的向往，对"三农"工作作出的重大决策部署，是决胜全面建成小康社会、全面建设社会主义现代化国家的重大历史任务，是新时代做好"三农"工作的总抓手。从党的十九大到二十大，是"两个一百年"奋斗目标的历史交汇期，既要全面建成小康社会、实现第一个百年奋斗目标，又要乘势而上开启全面建设社会主义现代化国家新征程，向第二个百年奋斗目标进军。为做好乡村振兴战略这篇大文章，近年来，我国先后出台《中共中央、国务院关于实施乡村振兴战略的意见》和《乡村振兴战略规划（2018—2022年）》以及《中华人民共和国乡村振兴促进法》，吹响了全面推进乡村振兴的时代号角。那么，在实施乡村振兴战略的背景下，如何充分利用和开发当地历史文化和自然资源呢？本课题组将以鄂州市梁子湖区龙山文化旅游开发为切入点，开展深入的调查研究，着力剖析当前龙山文化旅游开发的现状与面临的困难，对龙山文旅开发路径进行思考。

一、乡村振兴战略下龙山文化旅游开发的现实意义

乡村兴则中国兴。2018年1月，中共中央国务院《关于实施乡村振兴战略的意见》颁布，乡村振兴战略在我国全面部署实施，标志我国乡村发展步入新时代的新征程。乡村全面振兴战略，是一个城乡统筹、协调推进、产业融合、文化守护和改革创新的国家战略，对于加快推进乡村文化发展与建设具有深远的意义。那么，具体到乡村振兴战略下的龙山文化旅游开发来讲，则对于助力梁子湖区乃至整个鄂州市乡村振兴战略的深入推进具有重要的现实意义。

（一）龙山文化旅游开发有利于形成完备的全域乡村旅游链。梁子湖区以美丽乡村建设为主抓手，突出乡村文旅融合，大力构建全域旅游链。太和镇陈太村将四十八蹬打造成了乡愁公园、采摘乐园；胡进村依托蓝莓产业，以"公司+基地+专业合作社+农户"模式，打造出集生态农业生产销售、科普、体验于一体的田园观光综合体；农科村将闲散宅基打造成林荫果园、公共场所建成休闲乐园、抛荒土地流转建成菜园，打造农村特有的"三园"风景。涂家垴镇万秀村建设"秀美"田园风光，通过村庄环境整治和产业提升，打造乡村"慢"生活，入选第二批全国乡村旅游重点村。在此基础上，推进龙山文化旅游开发，势必能在梁子湖幕阜山脉带、沿梁子湖绿道线，构建一个"民宿、村落、生态"乡村休闲旅游链，推进梁子湖区乡村振兴、生态环保和全域旅游融合发展。

（二）龙山文化旅游开发有利于推进乡村产业的融合发展。乡村振兴关键在产业兴旺。通过龙山文化旅游开发，精心谋划和发展绿色生态种养业、森林旅游、乡村旅游等生态产业，推进观光农业、休闲农业、生态农业、文创农业等业态的深度融合，始终注重做到"一产利用生态、二产服从生态、三产保护生态"，实现乡村产业发展与美丽乡村建设的有机结合，有效化解乡村经济发展与生态保护与修复的矛盾，确保民富地美。

（三）龙山文化旅游开发有利于探索打通"两山"转化通道。"绿水青山就是金山银山"的理念已深入人心。正确处理好乡村经济发展同生态环境保护的关系，以"生态+文化"为抓手，因地制宜搞好龙山文化旅游开发，在生态保护中培育生态产业，将梁子湖生态环境优势转化为生态旅游等经济优势，能推进乡村人居环境整治，保护乡村山水田园景观，带动当地农民创业致富，实现"绿水青山"的商品价值，将绿水青山真正转化为金山银山。

二、龙山文化旅游开发的现状及面临的困难

（一）龙山人文历史、自然风景和物产

龙山又称莲花山，属幕阜山余脉，坐落于鄂州市南60公里处（东经114°32′～114°43′，北纬36°01′～30°16′），位于太和镇莲花黄村境内，距梁子湖区太和镇3公里。主要景区面积约20平方公里。龙山集寺庙、峰峦、怪石、古井、溪泉、瀑布、山涧、奇花、异草、珍木、稀禽、野兽等人文和自然景观于一体。旅游资源文化丰厚，环境优美，气候宜人，是一处清幽的适宜度假、休闲旅游的风景名胜之地。

1. 人文历史底蕴丰厚

据晋代史笺《武昌记》记载："武昌有龙山，欲阴雨，上有声，如吹角。"此《武昌记》转录入宋代《太平御览》卷三百三十八"兵部"六十九。据光绪《武昌县志》山川，引晋陶潜《续搜神记》卷十曰："县属之灵溪乡虬山，有龙穴，居人每见神虬出入。（岁）旱祷（之），即雨。后人筑塘其下，曰虬塘，今名龙山。"

龙山与武昌山相连。有史料记载三国时期，吴王孙权曾在此屯兵立寨，操练三军，并用"以武而昌"之意命名了武昌山、武昌门、武昌县等。相传，吴王孙权统兵习武射箭于武昌山，箭落龙山，自成一塘，故遗留下"吴王落箭塘"。

龙山的长兴禅寺始建于北宋咸平年间（998—1003），为高僧长兴所建，距今已有一千余年历史。该寺属禅宗派佛教。寺四周有名僧坟墓近百座，石碑50余块。

据传，北宋时期大文豪苏轼被贬黄州后，曾寻迹到龙山静修，留下了名文诗篇，其遗迹石屋茅庐至今尚存。山下有古二十四孝人大书法家黄庭坚之后裔之脉，万历年间由江西迁徙龙山脚下莲花庄，并建有梅东祠堂"双井堂"，客家文化风格遗传至今。

龙山的长兴禅下的"二贤亭"，相传为苏轼、黄庭坚对弈品茗之地。一日，在高大的松树下，二人下围棋，一阵微风吹来，松子落入棋盘，苏轼口占上联："松下围棋，松子每随棋子落。"黄庭坚望见山下池塘边一老翁垂钓，对曰："柳边垂钓，柳丝常伴钓丝悬。"浑然天成，在民间传为美谈。

2. 自然风景引人入胜

龙山风景名胜较多。其一有内八景：方门楼、龙清泉、白果树、古玉兰、古樟树、玉观音、对金鸟、天竹。其二有外八景：落箭塘、老虎跳涧、飞天蜈蚣、仙人掌、关口瀑布、猫儿扑鼠、螺峰叠翠和仙人拐杖。晋陶渊明到访龙山续写《搜神记》，在关口瀑布前即兴吟诗："曲水流觞九十旋，丹崖秀谷有洞天，银河倒挂关山口，妙笔生花在龙潭。"壮美的景色和名人名诗吸引无数游客流连忘返。

龙山森林覆盖面积达98.5%，雨水充足，气候温和，年平均气温17.2℃左右，夏季比山下气温平均低6℃左右。其气候特点，不仅适宜旅游避暑，也为一些珍稀动植物提供了理想的繁衍场所，这里有野猪、野鸡、黄鼠狼、猫头鹰、野兔、穿山甲等60多种野生动物。龙山林场的柑橘、胡柚、竹笋、板栗更是远近闻名。

龙山地理位置优越。东与武昌山接壤，遥望大冶小雷山风景区；西连涂镇、大港之水之通梁子湖；南接古镇金牛、鄂王城遗址；北濒谢埠官渡遗址、金盆垴遗址，与青峰山、马龙水库、沼山连成一片，形成了一个完整的人文生态旅游区。

3. 当地物产独特丰富

龙山位于鄂州市的梁子湖区，是名符其实的"鱼米之乡"。当地物产独特丰富。如，"梁道大米"入列全国名特优新农产品目录，武昌鱼名扬海内外，谢埠千张堪称"湖北一绝"，太和莲藕和米粑家喻户晓，谢埠糍粑更是大众美食……

——"梁道大米"全程有机种植，种植基地位于梁子湖区太和镇龙山脚下。该大米采用"鸭稻共生"的古法种植，施有机肥料，用梁子湖直饮水灌溉，生物除害，无尘生产筛选，确保每一粒大米绿色、安全、健康。"梁道大米"荣获第十一届武汉农博会金奖，2017年度入列全国名特优新农产品目录。

——武昌鱼是人们日常生活中常见的美食之一。武昌鱼可以制作出数十种风味与口味不同的美食，其也是鄂州的当家名菜，在鄂州其妇孺皆知，武昌鱼不仅可以清蒸，还可红烧、炖制、腌制等，其做法不同口味也不相同，其中以清蒸武昌鱼最负盛名，其清香可口，美味鲜香，肉质细嫩，十分的美味，是一道不可多得的美食。1956年5月至1966年7月期间，一代伟人毛泽东在湖北武汉视察工作之余，先后18次畅游长江，尤喜食鄂州武昌鱼，并写下了"才饮长沙水,又食武昌鱼"著名诗句。

——谢埠千张堪称"湖北一绝"。其产自龙山脚下的谢埠村，是鄂州著名的特产美食，可以凉拌、清炒、煮食，不管哪种做法都特别的美味。其相当之薄就如同纸张一样，颜色呈现微黄，吃起来口感十分的细腻，还富有韧劲，十分的耐嚼，让人唇齿留香。

（二）龙山文化旅游开发的现状及面临的困难

在乡村振兴战略的推动下，龙山文化旅游开发取得了一定成绩，但仍面临明显的现实困境，尤其是与那些乡村旅游发展较为成熟的地区相比，存在亟待解决的一些突出问题。其主要表现：

1. 开发认识不高。龙山文化旅游开发涉及谢埠村、莲花黄村、吴伯浩村三个行政村，但干部群众对文旅开发与乡村振兴的相互促进作用的认知普遍不足，较大程度上存在等靠意识，开发意识不强，积极性不高。龙山文化旅游对外宣传不够，外地游客知晓度不高，本地游客也主要是中老年或朝神拜佛的善男信女。龙山文化旅游资源没有与周边乡村游形成有效对接。

2. 基础设施薄弱。龙山旅游风景区内基础设施的建设明显没有跟上周边美丽乡村建设的步伐。其一，交通硬件建设未到位。仅有一条狭窄的登山水泥路，双向会车困难。上山路段坡度大，车辆行驶不安全，且上山公路无护栏，容易造成交通事故。其二，配套项目不健全。景区停车场、厕所、垃圾处理等设施建设，不能满足游客需求。其三，旅游咨询服务等条件不完备。无医务室、警务室和投诉中心等，旅客遇到困难难以及时得到解决，旅客需要提供信息咨询、导游讲解等服务难以落实。

3. 景点档次不高。从目前龙山旅游发展来看，一些景点初具规模，建成的和在建的景点有一定的数量。但景点无统一标识，也无重要景点宣传介绍牌匾，品牌景点不多。由于龙山旅游风景区内现有建筑设施，基本是由民间人士（企业家）率众筹资修建，规划建设项目尚未完善，如，寺庙斋房及其配套工程尚需完善。另一方面，目前一些景点的文化特色挖掘都停留在表面，表现形式较单一，深层次和精细化开发不够，没能衍生出反映当地乡土文化、民情风俗和现代乡村节日的旅游精品和项目。

4. 经管水平较低。经营管理水平的高低，决定着直接关系龙山文化旅游的长远发展。经管水平较低是龙山文化旅游开发主要的短板之一。龙山文化旅游开发现有经营模式，主要是以自主经营模式为主。如，单体农户模式、农户+公司模式，或由寺庙僧尼管理。现有的经营管理者基本上都是本地及周边村民，大多数文化水平不高，经营管理粗放。

5. 统一协调不足。龙山文旅开发监管涉及旅游、宗教、林业、公安、消防、安全检查等诸多部门，需要建立统一的协调管理机制。一方面，龙山文旅开发需要统一的规划，不仅要做好龙山的山、水、林、泉、寺、桥、井等景点的开发管理，还要注重做到与梁子湖区生态旅游和环境保护规划的整体衔接，确保全区域乡村振兴战略的整体推进。同时，针对旅游开发区现有龙山林场和大量的村民自留山林、自留地等现状，需要区、乡镇和村加强指挥协调，保证龙山文旅开发不使村民应享受的权益受到影响，调动村民及相关方面积极配合，合力推进龙山文旅开发。

三、龙山文化旅游开发的有效路径思考

习近平总书记指出，实施乡村振兴战略是关系全面建设社会主义现代化国家的全局性历史性任务。2018年，党中央国务院出台关于乡村振兴的总体意见和乡村振兴战略规划。同年，文化部和旅游总局共同提出了文化与旅游融合发展战略。2019年中共中央、国务院在《关于坚持农业农村优先发展 做好三农工作的若干意见》中指出，要全面建设小康社会，必须实现农业富强、乡村美丽、农民富裕，因而需要发展乡村特色产业，实现一村一品，创新发展民族特色的手工业、旅游服务业、文化礼堂等，由此

可知，推进乡村文化与旅游融合发展，要通过发展乡村文化旅游业、乡村文化手工业，来实现乡村产业升级。换而言之，文旅融合发展就是指各类文化和旅游产业组织以产业为基本依托，通过产业联动、产业聚集、技术渗透、体制创新等方式，将资本技术和资源要素实施跨界集约化配置，以文旅项目将第一、第二、第三产业有机地整合起来，从而延伸产业价值链条，促进新业态形成，构建乡村振兴新格局。因此，龙山文化旅游开发也必须紧抓乡村振兴战略的时代机遇，结合当地的自然资源、文化特色、产业优势和消费市场等有利条件，拓宽开发思路，制定开发规划，完善开发方式。

（一）合理规划，优化资源。实施龙山文化旅游开发，必须坚持梁子湖区建设全国生态文明示范区这条主线，结合区、乡镇制定的乡村振兴战略规划及实施方案，搞好统筹谋划，破解人、地、钱"三大难题"，整合龙山文化旅游资源，注重补齐基础短板，加大道路、停车场、民宿、餐厅、网络通信、厕所等基础设施建设，改善景区脏、乱、差的环境，提档升级龙山文化旅游发展软硬件条件；与周边的高家咀湾、熊家坳湾、陈太湾的美丽乡村建设相融合，加强与沼山、涂镇等相邻乡镇现代农业产业园项目建设对接，拓展龙山文化旅游开发路径。

（二）挖掘特色，提升档次。龙山风景名胜较多，既有内八景，还有外八景；既有丰厚的人文历史底蕴，也有特有乡情民俗。可谓是汇集了自然景观和人文资源的精华。因此，实施龙山文化旅游开发，应注重借鉴梁子湖区各乡镇、村文旅开发的现有经验，彰显自身特色。比如，陈太村七房湾，在美丽乡村建设中，坚持废物利用、古物新用、文物重用，既注重乡土味，体现农村特点，又保留乡村风貌。刘河堤湾协商自管型、黄庭科湾兼职管理型、西海湾专职管理型、细屋熊湾轮流服务型等村管护模式，涂镇的蓝莓节、东沟的荷花节、沼山的胡柚节等节会活动，既因地制宜引导了产业发展，又凸显了地方特色，打造乡村文旅亮点。

（三）融合拓展，全力推进。资金困难、人才缺乏，是阻碍龙山文旅开发的不可忽视的因素。因此，龙山文旅开发必须摆脱传统思维和经营模式，走融合发展之路。打破单体农户、农户+农户以及个体农庄等个体经营占主导地位的模式，大力引进企业经营和政府+行业经营的模式。比如"政府+公司+农村旅游协会+旅行社"模式，通过政府和企业的协调和引导，全面开发和运用龙山自然和文化资源，有效解决相关经济纠纷，合理分配各方利益，充分拓展文化旅游产业链条中各个环节的优势，盘活资源，激发活力，推进高质量发展。

（四）加大宣传，培植品牌。随着龙山文旅开发的不断推进，当景区建设、经营管理、服务理念、基础设施等方面进一步提升后，就要加强必要的推介宣传。一要加强龙山文化旅游发展规划和相关经营管理在本地的宣传。通过报刊、电视、网络、手机通信、移动交通等多渠道，广泛动员当地民众参与龙山文化旅游景点和旅游特色品牌的培植打造，扩大龙山知名度。二要积极组织开展专题学术研讨、文学创作采风、文化旅游体验等活动，引领市内外消费者对龙山文化旅游开发的关注，加大龙山文化旅游向周边城市、全省乃至全国推介力度，扩大对外宣传。三要结合地方乡村产业发展、特色产品开发，打造龙山文化旅游产品，为乡村旅游带来更多的消费需求，用市场力量撬动龙山文化旅游发展，扩大龙山文化旅游产品，为乡村旅游带来更多的消费需求，用市场力量撬动龙山文化旅游品牌影响力。

参考文献：

［1］国家发展和改革委员会农村经济司.乡村振兴战略规划（2018—2022年）辅导读本［M］.北京：中国计划出版社，2019.

［2］习近平.决胜全面建成小康社会，夺取新时代中国特色社会主义伟大胜利——在中国共产党第十九次全国代表大会上的报告［M］.北京：人民出版社，2017：10.

［3］王诺斯，严睿.浅谈我国乡村旅游发展［J］.中国管理信息化，2016（7）：141—142.

［4］胡春江.乡村振兴战略下的乡村旅游发展［J］.学习与研究，2018（3）：21—23.

［5］林铧.发展乡村旅游，助力乡村振兴［J］.中共山西省委党校学报，2018（5）：60—63.

［6］李宪宝，张思蒙.我国乡村旅游及其发展模式分析［J］.青岛科技大学学报：社会科学版，2018（3）：49—54.

［7］鄂州市、区及乡镇、村文化旅游工作规划、方案等相关资料

龙山行
——龙山风景区康养事业的思考

田丰

　　辛丑金秋，我跟随鄂州吴都文化研究所的同仁们，在所长陈运东先生的带领下，来到鄂州市梁子湖区，太和镇莲花黄村龙山风景区探古寻幽，惊叹龙山人与自然的和谐共生，古迹可列，地理奇异，山美林幽。并在夏荷和吴伯浩村原村支书吴丛顺的陪同下，召开了龙山文化旅游开发建设座谈会。

　　乡贤黄天明先生不辞劳苦，带我们走进龙山、关帝殿、长兴寺、青龙泉、白果树还有曼妙清幽的龙山竹海，走进太和美丽的山水田园画廊。一个强烈的感受是，这里生态好，得天独厚，可以搞旅游开发，甚至可以成为一流的山水田园旅游康养胜地！康养事业是国务院大力发展和推动的国家战略，为迎接老龄化在争取空间和时间，提前布局。我个人给龙山风景区的定位和目标，即是大干旅游、以跨越发展为目标引领。龙山发展森林康养产业是科学、合理利用林业资源，是实施乡村振兴战略的重要举措，其意义重大。

　　可以依托优良的自然资源禀赋，全力推进龙山旅游业和旅居康养事业高质量的发展，打造山水田园旅游康养胜地，亲山、亲水、亲林、亲绿、亲氧、亲凉等康养功能。依托太和镇当地的历史文化资源优势和区位地理优势，以原生文化保护为内环，以良好的生态基底为外环，构建圈层式产业发展空间。同时，围绕"景区带村"的思路，开发旅游业新路，莲花黄村依托梁子湖优势和黄庭坚后裔等人文资源，山区气候宜人、林果飘香的自然资源，可以走旅游开发与渔歌文化融合发展的新路子。

随着游客的到来，首先要实施基础设施建设，高标准修建景观道路，同时要深挖文化内核，挖掘谢埠千张、湖鱼类美食资源，挖掘梁子湖区独有的手工艺品资源。聚焦规划，凸显湖区龙山武昌山旅游优势，太和镇按照"生态、高端、休闲、智慧"的要求，整合各方力量，全方位谋划旅游业和康养业双引擎发展工作。围绕主题强化全域规划，全盘谋划、系统设计，把零散的旅游资源串成线、连成片，强化融合发展。坚持康养事业招商引资引品牌，加强旅游产业规划与经济社会发展规划的统一，做到与生态环保、产业发展、基础设施建设、城乡发展、乡村振兴等规划相衔接，加快形成以点带面，点面结合发展新格局。坚持以习近平生态文明思想为引领，进一步树牢"绿水青山就是金山银山"的理念，全面延伸产业链。

一是做活"文"化产业。满足旅居游客需求，打造竞争力强的国家4A级景区，依托高铁、鄂咸高速沿线，打造一批标杆性旅游"精品"吸引江西湖南相邻省份游客线路，在梁子湖区、龙山、青峰山、张裕钊文化园等地标参观游览。依托自然人文景观打造兼具娱乐性、居住性、参与性、体验性研学旅游产品。满足游客康养需求，提升游览便捷等，树立良好口碑，实现良性循环。

二是做好整体规划，合理布局，引导入驻企业有序发展。要有一种整合思维和整体规划发展的格局，充分结合龙山山体舒缓，植被优良，休闲味浓郁等优势，深入调查研究各年龄段顾客相关需求及时代潮流及变化，针对需求做精准性、差异化、个性化的服务，通过产业发展，从而带动龙山风景区经济生态文化协同发展；规范森林康养产品的开发，打造莲花黄村自己的专项品牌。要统筹协调行政手段与市场机制，重视相关规划的制定与引导，加强与区政府各管理部门的沟通、协调及整合，由政府主导完善康养聚集区的发展机制，充分发挥民营资本的主体作用，为康养产业筑牢基础。

　　三是优化、美化康养环境，坚持绿色发展，不断挖掘康养资源，突出特色，因地制宜，打造亮点，加强森林康养人家基础设施建设，吸纳本地百姓热情参与，共享发展成果，有效推动乡村振兴。龙山风景区及龙山水库将成为一个集健康、养生、休闲、度假，住宿、娱乐、运动、保健、疗养等一体的森林康养基地。加快建设步伐，在基础设施、服务水平、运营管理、医养结合、文化挖掘、人才培养等方面要逐渐发力，延长加粗森林康养产业链，发挥鄂州市乡村振兴示范引领作用，提供莲花黄龙山经验。

浅论龙山风景区旅游开发

胡亚鹏　夏风

一、概论

梁子湖区龙山，又称莲花山，属幕阜山余脉，坐落于鄂州市南六十公里，距太和镇三公里处。镶嵌于"金盆养鲤"的盆地之上。景区面积约20平方公里，主峰海拔246米。长兴寺，位于龙山半山腰中，更是增添了缤纷多彩的光环！有史料记载：北宋咸平年间（998—1003）为北宋高僧长兴所建，距今1千余年的历史。虽屡建屡毁，现时逢盛世，政通人和，物阜民丰，国泰民安，国家民族宗教政策得到了较好的落实。2009年由金牛民营企业家捐巨资重修长兴寺。历三年宏构落成，现已初具规模，比原寺扩大数十倍。对外开放以来，游客信众络绎不绝，香火延年！

龙山集寺庙、峰峦、怪石、古井、溪泉、瀑布、山涧、奇花、异草、珍木、稀禽、野兽于一体，并有卧佛潜山，构成了山水环抱，风景独特的原生态自然景观。与武昌山相连，更是独具特色的风景旅游区。很多资料记载：三国时期吴王孙权在此屯兵立寨，操练三军，并以"以武而昌"之意取名武昌山。武昌郡、武昌县等都由此而得名，现遗留古迹特景甚多。

长兴寺坐落于"依山悬挂陡、傍水两边流、松柏翠竹间、白云绕山转"的仙景之地。

龙山境内名胜古迹甚多，内八景为：方门楼、青龙泉、白果树、古玉兰、古樟树、玉观音、对金鸟、天竹。外八景：落箭塘、飞天蜈蚣、老虎跳涧、仙人掌、山门瀑布、螺峰叠翠、猫儿捕鼠、仙人拐杖。据传北宋时期大文豪苏轼被贬黄州后，曾寻迹来此静修，留下了名文诗篇，至今遗迹石屋茅庐尚存！

山下有古二十四孝人大书法家黄庭坚之后裔于明代由江西迁徙龙山脚下莲花庄，并建有黄氏祖祠"双井堂"，古色古香，客家文化尚存。

东晋陶渊明曾到访龙山，留下千古名诗传世。

龙山处于风景独特，地理奇异，四周环抱，人文资源丰富的宝地。东与武昌山、金鸡坡、狮子口水库，直至大冶小雷山景区相连；南与鄂王城、古镇金牛、贺胜桥、咸宁相望；西距武汉六十公里，距鄂州、黄石、咸宁城区一小时车程；北濒谢埠官渡遗址、金盆垴遗址、青峰寺、马龙口水库、沼山风景连成一片。梁子湖全景尽收眼底，省道、鄂咸高速横穿大门而过，形成了非常完整的人文生态自然旅游体系，是一块非常值得开发利用的风水宝地。

二、龙山旅游开发的历史定位

龙山的旅游开发不能局限于小修小补，拾遗补缺。要开拓思路高瞻远瞩、长远规划、整体开发、高格定位、打造成国家4A级风景名胜旅游区！

三、龙山周边文化旅游资源盘点

（1）吴王寨。吴王寨位于梁子湖区太和镇谢埠村境内的武昌山上。山上曾有亭台楼阁等设施。传说清代曾有五个绿林高手在山上立寨，又称

"五王寨"。（2）武昌观。近代重修白衣庵改名为武昌观。（3）金鸡坡山泉。位于武昌山下，当地人视为神泉，历史悠久，香火甚旺。（4）无底洞。位于武昌山顶，传说当年有位小和尚掉进洞里，用3根百米长的绳索连接起来都未探到洞底，为防止事故再次发生，用大石头封闭了洞口。疑为古矿洞或溶洞，需勘探、考古。（5）灵溪古道、七孔桥。古为梁子湖（谢埠码头）通往大冶、江西陆路，古有七孔桥在武昌山下。（6）灵溪。灵溪乡因此溪得名（古灵溪乡约为今太和镇+大冶金牛镇+大冶灵乡镇）。（7）未知洞穴。相传此洞可通往狮子口水库。疑为古矿洞或溶洞，需勘探、考古。（8）关帝庙。近代在原关公祠原址重建。（9）蚬山龙穴。位于莲花黄村，疑为古矿洞或溶洞，需勘探、考古。（10）防空洞。近代修建，深约400米，入口狭窄。（11）长兴寺。位于莲花黄村龙山，长兴寺属禅宗派佛教之地，始建于五代后唐明宗长兴四年（933），时有明宗宰相削发为僧，隐居在莲花山下结庐为寺，取名长兴寺，至今已有一千多年的历史。（12）山门瀑布。莲花黄村，位于长兴寺西，瀑布宽约30米，落差约30米，常年流水不断。（13）梅家祠遗址。商代古文化遗址（2003年鄂州市级重点文物保护单位）。（14）金盆垴遗址。新石器时代晚期延续到商代遗址（2003年鄂州市级重点文物保护单位）。（15）古代冶炼遗址。发现大量古代铁渣，为宋代冶炼遗址。（16）凉亭下古村落。因在武昌山凉亭之下得名，现存百年古屋数间。（17）方家湖水库。武昌山山泉汇集而成。（18）方家古村落。现存房屋一间，古井两座。（18）沼泽地。武昌山下，山泉汇集而成。（18）仙人挂杖。据长兴寺记载"寺北石上有穴，相传为仙人挂杖。"疑为古矿洞或溶洞，需勘探、考古。（19）莲花黄古村落。清代遗址。（20）地下暗河。谷歌地图中发现武昌山周边有一条不存在的水系，与当地传说吻合，疑似地下暗河，需进一步考证。

四、梁子湖区其他旅游资源现状

梁子湖区地理位置优越，文化旅游资源丰富，文化资源、生态资源、民俗资源、美食特产等均列于鄂州市之首。具体风景点有：

1、梁子岛

2、沼山森林公园

3、张裕钊文化园

4、太和青峰山公园

5、太和镇美丽乡村陈太、胡进、上洪、邱山

6、涂家垴镇、万秀村

五、建成龙山特色的旅游度假区构想

龙山不仅有丰富的自然资源，而且有丰富的人文资源，二者合一，形成独特的地域旅游名区。

坚持"四字"方针，突出"三大"名人，做好"龙"字大文章。

四字即为：山、水、寺、佛。

山——龙山

水——龙山水库（神龙潭、瀑布）

寺——长兴寺

佛——卧佛

三大名人为：苏轼、孙权、黄庭坚

"龙"字上大做文章：

龙门、龙山、卧龙塔、二龙戏珠、龙山水库、青龙泉、龙亭、乌龙峡、龙池、九龙壁、乌龙潭、黄龙洞、神龙溪、龙溪坝、龙渠、龙柳卧波、龙乡古肆、龙乡祠堂、双龙井、龙窑潭、接龙桥、龙港。

其中：二龙戏珠、龙山水库、龙亭、九龙石壁、黄龙洞、龙溪坝、龙乡古肆、卧龙塔为待建景点。

六、龙山初步计划开发文化旅游项目

1. 生态农业观光园

2. 生态果园（花果山公园）

3. 生态茶园（龙山茶场）

4. 龙山水库水上游乐园

5. 龙山—武昌山空中缆车游乐园（飞天索道）

6. 莲花赤壁

7. 龙山碑林

8. 龙港廊桥

9. 龙山山庄、龙山大酒店、龙山福利中心

10. 龙山山顶跑马场

11. 武昌观

12. 吴王练兵场

13. 吴王避暑宫

14. 吴王寨仿古建筑群

15. 孙权像（孙权广场）

16. 停车场

七、规划方案原则与思路

1. 接地气、合民意、有创意、能创效。

2. 政策导向、因势利导、因地制置，以点带面。

3. 强调理念新、思维新，特色新。

总原则：坚持保护与开发并举，开发与生态并重，形成以资源可持续利用、文化可接续传承为基础的乡村休闲旅游发展模式，将民俗文化、人文精神与现代要素、时尚元素和美学艺术相结合，原生态景点与人文传说故事相结合，虚中有实，实中有虚。依托现有景观、打造观光农业、山水生态游玩、古寺庙佛道文化、龙山水库水上乐园、森林花卉观赏，名人书画碑林、休闲休养、美食文化，围绕多功能拓展、多业态聚集、多场景应用，开发乡宿、乡游、乡食、乡购、乡娱等综合体验项目，促进经济发展，带动辐射周边乡镇共同致富、打造国家AAAA级文化旅游景区。

八、龙山旅游开发的功能与初步价值评估

龙山水库是龙山开发的重点工程，具有旅游娱乐、饮用、灌溉、养殖等综合利用功能，带动龙脉水系。龙山按规划建成后，可成为中南地区旅游度假、休闲、娱乐、朝拜圣地，带动旅游文化产业、民间工艺产业、当地土特产业、餐饮服务业、运输业、渔、林、茶、果、牧业等经济迅速发展。旅游业可成为地方支柱产业，吸纳大量农村富余人员就业，同时为城镇居民提供

一处优美休闲娱乐场所。

　　龙山旅游综合开发利用是一件功在当代，利在千秋的功德无量事业，国家乡村振兴政策惠政于民，龙山文化旅游开发大有可为，时不我待。

梁子湖畔隐匿着一处世外桃源龙山旅游景区

严泽宏

龙山 ——是湖北鄂州市的一座历史名山，与幕阜山脉相连，坐落在风光秀丽的鄂州市梁子湖区太和镇，南紧依大冶市，北望梁子湖，远眺就像一条巨龙盘踞其间，长年云雾缭绕，若隐若现，宛如仙境。

笔者2021年10月23日受有关部门和当地乡村的邀请、随鄂州市吴都文化研究所10多位文史专家、学者到龙山实地调研。

笔者一行就龙山的历史文化和旅游开发、综合利用，振兴乡村经济，献计献策，与当地旅游部门和几个村一起座谈，共同谋划发展的思路，得到当地有关部门和村民们的高度赞赏。

经实地考察和调研，龙山地理位置得天独厚，地处鄂咸高速和省道铁贺路（黄石铁山—咸宁贺胜桥—武汉江夏区贺站镇）交通要道，交通便捷，可直通临近的江西、湖南、武汉、咸宁、黄冈、黄石、大冶、鄂州城区，与梁子湖国家4A级景区紧密相连，可形成旅游大板块、大格局，是一个不可多得的原生态景区。

龙山自古人杰地灵，历史文化厚重，是佛教圣地，人文景观独特，自然风光优美。景区面积约20平方公里，海拔高度236米。山上建有寺庙、奇峰异石、山涧绝壁、古井、溪泉、松林、四季花卉以及多种珍稀动植物，森林全覆盖，竹海茫茫，植物生长茂盛，是天然氧吧。一年四季雨水充沛，山泉奔涌，瀑布飞扬，涓涓不断，溪间更有潺潺流水声，山峦叠嶂，曲径通幽，美不胜收。

山不在高有仙则名，水不在深有龙则灵。

龙山佛教文化传承历史悠久，长兴寺始建于五代后唐明宗长兴四年（933年），时有明宗宰相削发为僧，隐居在莲花山下结庐为寺，取名长兴寺，至今已有1088年的历史。

　　寺庙屡建屡毁，2009年又重修，佛光高照，飞檐斗拱，气势宏伟。长兴寺"依山悬挂陡、傍水两边流、松柏翠竹间、白云绕山转"仙境吸人，乃佛教圣地。

　　龙山周边名胜古迹甚多，有武昌山、武昌观、吴王寨、五王寨、金鸡坡山泉、无底洞等名胜。素有内八景和外八景之称，内八景：方门楼、青龙泉、白果树、古玉兰、古樟树、玉观音、金鸟、天竹。

　　外八景：落剑塘、飞天蜈蚣、老虎跳涧、仙人掌、山门瀑布、螺峰叠翠、猫儿捕鼠、仙人拐杖。龙山自然风光美如诗画，令游客如痴如醉，叹为观止。

　　陶渊明曾到访龙山，留下千古名诗传世。相传北宋时期大文豪苏轼被贬黄州后，曾寻迹来此静修，留下了名文诗篇，至今石屋茅庐遗迹尚存。北宋大文学家、书法家黄庭坚的后裔，于明代由江西迁徙龙山脚下莲花庄，并建有黄氏祖祠"双井堂"，世代相传，尚存客家文化风格，在鄂州地区极为罕见。

　　龙山地理位置优越，文化旅游资源丰富，经论证专家组建议：建设好龙山景区，要做好长期规划，树立战略眼光，要具有竞争力，因地制宜，依托国家政策，招商引资，逐步投入，分部建设。要美化环境，打造品牌，提高知名度，加大宣传力度，吸引省内外游客。把龙山建设成宜历史文化、宜山、宜水、宜景、宜人的旅游胜地，集旅游度假、休闲娱乐、康养、生态种养植、美食、农耕文化等于一体的国家级旅游景区。为国家旅游事业作贡献，造福当地村民，助推振兴乡村经济的发展。

（刊载于2021年10月25日《楚天视野》）

后　记

　　我到了耳顺之年，万事看得开，但对家乡太和的情结，不知不觉地，却越来越浓。

　　2021年国庆节期间，我和几位"文人型"太和镇老乡，黄天明（花黄村人，鄂钢退休高级工程师）、邓文兴（谢培村人，鄂州市文联副县级退休干部）、周红兵（牛石村人，鄂州市审计局四级调研员）等几位老大哥，在鄂州城区偶遇，叙旧中大家不约而同地想为家乡太和镇龙山风景区编一本书，后经四人多次回太和、到龙山风景区采风，创作、挖掘和搜集一些龙山地区的古今文人墨客的散文、游记、诗词、赋、记、楹联、民俗、民歌、民谣等，几经努力，2022年2月，稿子终于成型，在大家集思广益下，经过多次研讨，取书名《风雅龙山》。

　　此书承蒙各位厚爱和谦让，举荐我这个基层民警担任主编，虽然我原来出过几本小册子，也是湖北省作家协会会员，但如此重担压在我这个写作水平肤浅的人身上，确实让我汗颜。好在大家信任我并真诚地予以帮助、指导，让我很快在学习中适应。

　　2022年5月9日，在友人的帮助下，本书顺利地与出版社签约。

　　《风雅龙山》一书在编写过程中，得到了鄂州市梁子湖区区委、区政府，及太和镇党委、政府领导的重视和鼓励，龙山风景区所辖的太和镇花黄、谢埠、吴伯浩三个村委会也大力支持，龙山乡贤柯良锐、柯惠冬、吴小涛、夏江林、夏荷、柯国良、方向亮、陈新兵、夏迎春等人，为《风雅龙山》如期出版，给予了鼎力相助。

深感荣幸的是，中国作协会员，湖北省著名作家，鄂州市文联原主席、作协原主席刘敬堂老先生为本书作序。

此书邀请湖北民福律师事务所主任夏和平律师任法律顾问。

在编写此书过程中，中国作协会员、签约作家、鄂州市作协副主席胡雪梅女士，湖北省作协会员杨武凤、范先机，鄂州市作协会员金瑞武、陈希等老师和笔友，也受邀亲临龙山，为《风雅龙山》一书撰写佳作，在此，我代表黄天明、邓文兴、周红兵三位副主编，和该书全体编辑人员，向所有关心和支持《风雅龙山》一书出版的领导、作家、乡贤、朋友表示衷心感谢。

此书因我学疏才浅，疏漏、谬误之处在所难免，在此敬请各位领导、家乡父老和广大读者批评指正。

夏敬明

二〇二二年五月十日于家乡太和